오늘도 한껏 무용하게

# 오늘도
# 한껏
# 무용하게

뜨개질하는 남자의
오롯이
나답게 살기

이성진 에세이

샘터

"장미가 다른 이름으로 불린다 해도
그 달콤한 향기는 변하지 않아."


셰익스피어, 《로미오와 줄리엣》 중에서

차례

**내 삶은
나의 어법에 따라**

# 품사는 웬만해선 바뀌지 않는다

언젠가 입시 학원에서 국어 강사를 한 적이 있다. 문법을 모국어가 아닌 영어 과목에서 먼저 배운 아이들이었다. 인간이 바벨탑을 세우기 전, 지구의 언어가 하나였을지도 모를 시절을 상상해 보라는 말을 첫 만남에 던지고서 나는 비슷하면서도 다른 두 언어를 비교해 가며 수업을 진행했다.

우리말 문법이 영어 문법과 다른 점 가운데 하나는 단어의 모양이 변하더라도 품사는 잘 바뀌지 않는다는 것이다. 이를테면 영어 문법에서는 동사에 '‒ing'

나 '-ed'를 붙이면 형용사처럼 쓰이는 분사가 되거나 형용사에 '-ly'를 붙이면 부사가 된다. 반면 우리말 문법에서는 동사나 형용사가 활용活用하여 모습이 변하고 쓰임새가 달라져도 대체로 본래의 품사는 바뀌지 않는다. '달리는 사람'에서 '달리는'은 뒤에 오는 명사 '사람'을 꾸며주고 있지만 품사는 '달리다'와 같은 동사다. 마찬가지로 '즐겁게 춤추다'에서 '즐겁게'는 뒤에 오는 동사 '춤추다'를 꾸며주고 있지만 품사는 '즐겁다'와 같은 형용사로 남아 있다. 우리말에서 품사가 바뀌는 일은 단어에 특정한 접미사가 붙어 새로운 단어로 만들어지는 경우에 한정된다.

류시화 시인은 그의 책 《좋은지 나쁜지 누가 아는가》에서 이렇게 말한다.

"고정된 나는 어디에도 존재하지 않는다."

의사나 시인, 교수나 관광객이라는 명칭은 역할에 따른 약속 명사일 뿐이어서 만약 어떤 이가 그런 명사로 자신을 고정한다면 낱말의 정의에 갇혀 존재의 수많은 가능성과 역동성을 잃게 된다는 것이다. 본디 존재는 자신이 한 가지로 규정되는 것을 부자유하게 여긴다고 하면서, 그는 자신의 품사가 흐르는 강처럼 순간순간 변하는 '동사'라고 말한다. 실로 시인다운, 어쩌면 류시화 그다운 끝맺음이다.

오래전부터 '~답다'는 말에 달콤쌉싸름한 무언가를 느꼈던 것 같다. 학생은 학생다워야 한다, 군인은 군인다워야 한다고 핏대를 세우는 사람들 앞에서 나는 번번이 순종의 자세를 취했다. 소수의 반항아를 상대로는 별 중요하지도 않은 일에 목매지 말라고 같잖게 조언하는, 어지간히 냉소적인 사람이었다. 자기다움을 외치던 그들에게 이런 인간이 어떤 모습으로 보였을지는 한참이 지나고 나서야 겨우 짐작할 수 있었다.

'~답다'는 접미사를 갖다 붙이는 걸 가만히 받아들이지 않는 사람. 어느새 나는 자신의 품사를 세상의 요구에 맞춰 쉬이 변화시키려 하지 않는 사람이 되었다. 군 복무 시절 사격 훈련이 끝나면 총을 내려놓고 뜨개바늘을 잡았고, 시장에서 구매한 재료로 손수 목걸이를 만들어 차고 다니거나, 쉬는 날이면 적당한 오븐으로 호두파이를 만드는 사람이 되어 있었다. 어느새 남자답지 못하다는 설교의 말이 내게도 같잖게 들린다는 사실을 깨달았다. 그럴 때면 무엇답다고 할 만한 집단 고유의 성질이나 특성이 과연 실재하는지를 상대에게 묻고 싶었고, 설령 있다고 한들 그걸 꼭 개인에게 억지로 입혀야 성이 차는지 묻고 싶었다. 하지만 목구멍까지 차올랐던 물음은 혓바닥에 가로막혀 입 밖으로 나오지 않았다.

그럼에도 '~답다'는 종류의 말 가운데는 기꺼이 받아들일 만한 게 더러 있었다. 내가 뜨개질에 몰두할 때 친구가 던지는 '너답다'는 말이 그랬고, 무라카미 하루키의 소설을 읽을 때 스치는 '하루키답다'는 생각이 그랬다. 특정 집단의 명칭을 구태여 빌리지 않아도 자신을 드러낼 수 있는 말들이 좋았다. 변하지 않는 성질로 나를 설명할 수 있다는 건 다른 곳에 존재 의의를 뺏기지 않아도 된다는 뜻이었다.

'나다움', 어쩌면 영원히 닿지 못할 종착점이자 시시각각 바뀌어 가는 길. 누구도 대신할 수 없는 여정은 설령 무용할지라도 빛이 난다. 그런 이유로, 나답다는 말의 상자를 들여다보는 연습의 자취를 여기에 소복하게 담았다. 존재하는 것만으로도 빛날 수 있어야 한다는 시인의 말이 마지막 장까지 당신에게 쓸 만한 책 갈피가 되어줄 것이다.

너는 너다울 때 가장 빛난다. 품사가 웬만해선 바뀌지 않는 것처럼, 어디 두어도 변하지 않을 당신을 찾아가기를.

뜨개질을
시작하기에는
여름이 좋다

"요즘 같은 세상에는 인간관계도 하나의 스펙이잖아요. 그래서 특별히 친한 친구가 없거나 연애를 안 하거나 하면 사람들이 좀 하자 있는 사람으로 생각하는데, 제 생각은 다릅니다. (…) 남들 시선 때문에 적당히 주변 사람들 관리하면서 지내기보다는, 전 준비된 사람이 되고 싶어요."

"준비된 사람이요?"

"정말 잘해주고 싶은 사람이 생겼을 때 잘해줄 수 있는 환경을 갖춘 사람이요."

_ 드라마 〈쌉니다 천리마마트〉 중에서

누군가를 위해 준비된 사람. 드라마 주인공의 대사처럼 어디 가서 진지하게 말해본 적은 없어도, 돌아본 나의 삶은 이를 향한 여정이었다 해도 과하지 않다.

꼭 대단한 수식어 없이도 남들 다 하는, 젊은 날의 불타는 사랑이나 끈끈한 우정을 위해서라도 청년은 두 가지가 없으면 안 되었다. 돈 그리고 시간. 돈이 없는 나는 틈틈이 경제활동을 해야 했으니 시간에 쫓길 수밖에 없었고, 시간이 없는 나는 막상 돈을 좀 쥐었다 한들 쓸 겨를이 없었으니 말짱 도루묵이었다. 그러니 나는 청춘을 불태우는 데 필요한 시간과 돈을 마련하기 위해 뒷날의 청춘을 미리 끌어다 쓰는, 이른바 카드 돌려막기와 같은 삶을 살아온 것이다.

열심히 노력해서 너 자신이 기대했던 만큼의 준비된 사람이 되었느냐면, 마냥 그렇지도 않았다. 스스로가 발전하는 모습이 눈에 뜨여 기쁜 날도 있었지만, 매번 닿고자 하는 목표가 튀어 나가는 속도는 내가 뛰어가는 것보다 조금 더 빨랐다. 어쩌면 내게 주어진 몫은 노력보다는 체념, 혹은 주먹 쥔 양손만큼의 만족이었을지도 모른다. 세상이란 땅바닥은 나날이 기울어져 가는 판이었고 못난 나는 그 위에 버티어 서서 균형이나 잡는 게 전부라는, 그런 각다분한 현실을 받아들이기에는 적잖은 시간이 필요했다.

목표치에 집착하는 단계를 얼마간 벗어난 뒤에는 방법론이 눈에 들어왔다. 나중에 만날 소중한 사람, 잘해주고 싶은 사람이 생겼을 때 부족한 것이 없게 해주려면 어찌됐든 준비라는 걸 하긴 해야 했다. 그 준비를 무슨 마음가짐으로, 어떤 환경에서 수행해 낼지가 관건이었다.

무슨 마음가짐으로 준비할지는 생각보다 간단했다. 이 준비라는 것이 결국 미래에 만날 누군가를 위한 거였으니, 얼굴은 모르지만 어떤 톤의 목소리로 내 이름을 부를지 짐작 가는 사람을 상상하기만 하면 되었다. 그 사람이 나를 향해 웃어주는 걸 머릿속 그림판에 그려보았다. 힘든 날 떠올리는 미소는 준비된 사람으로 올라가는 등반을 도와주는 셰르파였다.

어떤 환경에서 준비할지에 대한 힌트는 지하철에서 즐겨 하던 뜨개질에서 찾았다. 목도리나 스웨터는 날씨가 쌀쌀해질 때 입는 게 자연스럽다. 그런 이유로 많은 사람이 뜨개질을 가을이나 겨울에 주로 하겠거니 하고 짐작하지만, 지하철에서 뜨개질을 시작하기에는 오히려 여름이 좋다.

겨울에 뜨기 시작하면 이미 늦었기 때문이라 생각했다면 아쉽게도 반쪽짜리 정답이다. 단서는 뜻밖에도 천장의 에어컨과 좌석 밑 히터에 있다. 여름이면 부산의 지하철 내부는 찬기가 서늘한데 사람들 옷차림은 그에 맞지 않게 짧고 가볍다. 반면에 겨울 지하철 내부는 온기가 후끈한데도 승객들 옷은 역시 그에 맞지 않게 길고 무겁다. 그러니 대부분 실내 공간에 에어컨이 가동되는 우리나라에서는 뜨개질을 여름에 하는 것이 체온 유지를 위해서도 괜찮은 선택이 된다. 개인차야 있겠지만 한겨울 후끈한 지하철에 끼어 앉아 외투를 벗지 못한 채 뜨개질을 하는 건 수도승의 정신 수양과 다를 바 없다.

뜨개질한 목도리를 받을 사람은 선물 받을 그때의 상황만 보면 된다. 아마 가을에서 겨울로 넘어가는 언저리가 맞을 테다. 하지만 목도리를 뜨는 일처럼, 준비된 사람이 되려는 이는 미래의 전망뿐만 아니라 자신이 당면한 상황도 고려할 줄 알아야 한다. 준비를 끝마친 이상적인 모습만을 넘겨보다 당장 눈앞에 맞닥뜨린 것들을 흘쳐버린 적이 몇 번 있다. 그럴 때마다 무너진 흙집을 물 부어 다시 짓듯, 미래의 누군가를 위한 준비를 하더라도 행동을 하는 주체는 오늘의 나라는 사실을 되새겼다. 미련하게 자신을 몰아붙이는 건 그만 됐고, 지금의 나와 나란히 걷고 싶을 뿐이다.

누군가를 위해 준비된 사람이 되고자 함은 실로 간단한 일이 아니다. 그런데도 그 길을 걷겠다는 당신을, 잘해주고 싶은 사람을 기다리며 오늘을 양보할 줄 아는 당신을 나는 기꺼이 응원한다. 언젠가 한 번쯤은 서로가 준비된 사람으로 만났으면 한다. 이왕이면 그곳이 내가 뜨개질에 한창인 부산의 어느 여름, 지하철 1호선이었으면 좋겠다.

아무튼,

첫 코는 걸러도 괜찮으니까

작은누나는 유독 옷 입는 문제로 나를 가정 법정에 여러 번 세웠다. 계절에 무감각하고 날씨를 가늠할 줄 모르는 동생이 퍽 답답해 보였을 테니 피고인이 된 사정도 얼마간 수긍은 갔다. 찬바람이 내려오기 시작할 즈음에는 때아닌 민소매 옷을 찾았고 뜨거운 태양이 대지를 덥힐 시기에는 걸칠 것을 꺼내 들었으니 말이다.

나라고 존경하는 재판장님인 엄마 앞에서 변론할 말이 없지는 않았다. 우선 누나와 내가 마주치는 장소는 집 안 아니면 교회 예배당 정도가 고작이었다. 20년 넘게 살아온 우리 집은 말할 것도 없고 교회마저 집에서 수십 걸음 거리에 있었으니, 예배를 드리러 가는 행위는 외출이라는 범주에 넣기가 실로 어중간한 녀석이었다. 실내 공간이라면 어느 정도 냉난방은 되어 있다는 근거가 그 별스러운 복장의 정당성에 힘을 보탰다.

피고와 검사의 끈질긴 공방 끝에 내려질 엄마의 선고는 둘 다 빨리 와서 저녁 준비나 거들라는 말로 미뤄졌지만 아마 그때부터 내가 옷을 대하는 철학이 다른 사람들과는 조금 다른가 하는 고민이 시작되었는지도 모른다.

확고한 패션 철학이냐고 묻는다면 글쎄, 셔츠를 입고 나갈 때는 처음부터 마지막 단추까지 모두 잠그는, 말하자면 쓸데없는 고집이 있기는 했다. 그 고집에 딱히 줏대가 있는 것도 아니다. 언제부터인지 맨 위 단추 한두 개 정도는 풀고서도 잘만 돌아다녔기 때문이다. 친구에게는 운동해서 어깨가 넓어졌으니 어쩔 수 없는 노릇이라고 너스레를 떨었지만, 예전보다는 삶을 대하는 태도가 다소 여유를 품었다는 게 더 걸맞은 해석이 아닐까 싶다. 원래 마음가짐이란 옷이나 생활양식에서 알게 모르게 드러나는 법이니까.

셔츠 단추는 아니지만 뜨개질에서도 무언가를 거른다는 것은 중요하다. 편물 사이에 구멍 내는 걸 계획한 도안이 아니라면 코를 뜨지 않고 넘기는 건 크나큰 흠이다. 코를 빼먹고 지나간 자리에 구멍이 뽕 하고 나와 있는 편물을 보는 일은 나 같은 초보자에게 깊은 절망감을 안겨준다. 문제는 흠을 수정하는 일인데, 요령이 없을 때는 창호지에 침 발라 뚫은 듯한 구멍을 붙잡고 한참을 끙끙대다가 '기계로 뜬 것도 아니고 손뜨개 작품인데 너무 완벽하면 또 정이 없지' 하며 애써 넘겼다. 뜨개질 장인에게는 그 정도 구멍이 애교나 다름없는 과제일 수 있지만, 애당초 그네들에게는 구멍을 내는 실수를 한다는 자체가 도무지 이해할 수 없는 일일 테다.

그런가 하면 초보와 고수를 막론하고 손뜨개를 해본 사람이라면 누구나 공유하는 요령이 하나 있다. 매단(뜨개질 코가 모인 한 줄)을 시작하는 첫 코는 뜨지 않고 넘기는 것. 뜨지 않고 넘긴 자리에 구멍이 남는다는 법칙은 첫 코에는 해당하지 않았다. 첫 코를 뜨지 않고 넘기는 게 좋은 이유는 실로 간단한데, 완성된 목도리의 가장자리가 더 예쁘고 깔끔하게 나오기 때문이다.

공교롭게도 첫 단추에 얽힌 강박감을 벗어날 때가 마침 쉬었던 뜨개질을 다시 시작할 즈음이었다. 그러니 내가 둘의 이치가 맞닿아 있다고 생각한 것도 무리는 아니다. 첫 단추부터 꼭 잠그지 않으면 나라는 존재가 흐트러지는 게 아닐까 걱정하던 사람은 어느덧 자취를 감췄다. 그 자리에는 가벼운 마음으로 첫 코를 걸러도 예쁘게 완성된 목도리를 머릿속에 그릴 줄 아는 이가 앉아 있다.

꽉 조이는 옷은 여러모로 사람을 갑갑하게 만든다. 뷔페에서 음식을 양껏 먹을 수도 없고 가볍게 몸을 돌리는 스트레칭 하나도 힘에 부친다. 원래는 충분히 할 수 있는 일을 하지 못하는 일로 둔갑시킨다. 마음가짐도 마찬가지다.

셔츠 입을 때 맨 위 단추 정도는, 뜨개질할 때 첫 코 정도는 크게 신경 쓰지 않는 마음을 이제는 안다. 내 옷장 속 셔츠의 단추는 여덟 개고 서랍 속 대바늘에 달린 코는 스물여섯 개다. 첫 번째 녀석 하나쯤 놓친다고 나의 인생이, 나의 하루가 편물 풀리듯 허물어지기야 하겠는가. 아닌 게 아니라, 지나고 봤을 때 그게 더 예쁜 모습일지는 아무도 모를 일이다.

오히려
예쁜 쓰레기가 낫다

뜨개질을 계속하다 보면 어느새 내가 쓸 것을 훌쩍 넘어버린 작품의 더미가 만들어진다. 원하는 사람이 있다면 선물로 주는 일이야 꺼릴 것 없지만 누구에게 줄지는 따로 생각해 볼 문제다. 선물 받을 사람을 정해놓고 판을 벌일 때는 이런 고민 따위 할 일 없겠지만, 창작 욕구가 솟는 날에 만들어버린 작품은 아무래도 적당한 주인을 탐색하는 수고가 필요하다.

실상을 들여다보면, 누구에게 주느냐와 관계없이 이쪽에서 얻는 보상은 쏠쏠한 편이다. 새로운 작품을 완성했다는 성취감, 빈말인지는 몰라도 작품을 넘겨주는 순간에 쏟아지는 찬사와 그에 따르는 뿌듯함 정도다. 여기에 덤이 얹힌다면 공짜 점심쯤 될까. 물론 이는 극히 적은 확률이다. 상대방의 주머니 사정과 월급날, 호기로운 마음이 일직선으로 설 때만, 말하자면 한국에서 일식을 관측하는 것만큼 보기 드문 일이다.

양면이 모두 앞면인 동전은 없는 것처럼 기쁨의 보상 꾸러미에는 종종 아쉬움이 딸려 온다. 뜨개 작품을 밖에서도 아낌없이 사용하는 인간인 나는 날이 추워진다 싶으면 작년에 뜬 목도리를 차고, 재작년에 완성한 털모자를 쓰며, 언제 만들었는지도 가물거리는 조끼 스웨터를 꺼내 입는다. 볼품없는 모양과 촌스러운 패턴이지만 부끄러이 여긴 적은 단언컨대 없다. 내 손으로 직접 만든 옷을 내가 입겠다는데 감히 누가 평가할 수 있겠냐는 당당함이라 해도 좋고, 남들 눈에 멋진 옷보다 자기 눈에 흡족한 옷을 아끼는 고집이라 해도 좋다.

그래서인지 다른 이에게 넘어간 작품이 쓸모를 잃고 '예쁜 쓰레기'가 되었을 때는 마음이 찢어지듯 아팠다. 이따금 방어기제가 선물 건네주기의 거름망으로 작용하는데, 최근에 고안한 방법으로는 작품을 선물로 줄 때 "최선을 다해 쓸게"라고 받는 다짐이 있다. 새끼손가락 하나 걸지 않은 구두 계약이라 아쉽게도 법적 효력은 없지만 이렇게라도 하지 않으면 작품이 새 주인 밑에 들어가서 구박받고 살지나 않을까 하는 걱정이 가시지를 않는다.

자기가 만든 조각상을 사랑한 피그말리온부터 조잡한 실력이나마 목도리 하나를 정성스레 뜬 사람까지, 무언가를 손으로 직접 만들어본 사람은 순간이나마 자기 작품이 살아 있다는 느낌을 받는다. 이들의 감정은 본질이 같은데, 고뇌와 수고 끝에 작품에 붙은 감정의 이름은 애착이다. 이러한 애착은 최면에 들게 하는데, 작품을 쓸모 있게 쓰지 않음은 살아 있는 생물에 못 할 짓을 하는 것과 다를 바 없다는 것이다. 이는 한때 내 뜨개 목록을 실용적인 작품으로만 채웠던 까닭이기도 하다.

그런데 인형 대신 수세미를 뜨고 장식품 대신 실용 의류를 만드는 것으로 뜨개질의 쓸모를 논할 수 있을는지 의문이다. 실용적인 뜨개질? 웃기는 소리다. 가성비 좋은 공산품이 쏟아져 나오는 시대에 대바늘을 잡는 것부터가 무용한 일이 아닌가. 기계가 찍어내는 중국산 목도리의 판매가는 비슷한 크기의 수제 목도리 하나 만드는 데 들어가는 재룟값보다 싸다. 그뿐인가. 웬만한 정성을 들이지 않으면 그 중국산 목도리보다 수제품 쪽이 질이 떨어진다. 구멍이 나 있거나 마감이 치밀하지 못한 부분을 다 뜬 뒤에 발견하면 한낱 기계에 못 미치는 제 설핀 실력에 자존심이 상하기도 한다. 여하튼 적당히 '있어 보이는' 취미. 그게 손뜨개의 현주소다.

그럼에도 유일무이한 작품을 손으로 직접 만듦은 쉽사리 얻을 수 없는 경험이다. 돈으로 살 수 없는 것들이 사라지는 시대일수록 고유함을 빚는 행위는 빛이 난다. 돈으로 바꿀 수 있는 것은 좋든 싫든 경제적 가치라는 척도로 평가받지만, 고유한 것은 무엇과도 비교할 수 없고 어느 것으로도 대체할 수 없다. 달콤한 크레이프 케이크처럼, 한 겹 한 겹 나만의 경험을 얹고 그 사이사이에 나만의 작품으로 채워 바른다면 나

28

는 나다운 사람으로 비로소 완성일 테다. 뜨개질의 쓸모를 '실제로 쓰기에 알맞은' 데에서만 찾을 이유는 없다. 고유한 것들이 아름다운 이유가 제각기 자신만의 척도를 가지기 때문이라면, 그에 따라 뜨개질은 과정부터 결과까지 오롯이 쓸모 있다.

어차피 창작의 고통에서 비롯된 애착을 타인에게 온전히 느끼게 하기란 불가능한 일이다. 만든 사람이 바라는 작품의 쓸모와 받는 사람이 느끼는 쓸모의 무게가 같을 수 없다는 사실을 그만 받아들이자. 없어 보이는 것보다는 있어 보이는 게 낫고 못난 쓰레기보다는 예쁜 쓰레기가 낫다. 작품에 새겨진 시간과 정성을 예쁘게 봐주는 것으로 그들은 맡은 바 임무를 다한 셈이다. 예쁜 쓰레기, 이렇게 보니 듬쑥하게 쓸모 있는 녀석이지 않나.

# 뜨개질에서 가성비를 논한다는
# 바보 같은 생각

"이 목도리 얼마 할 것 같아?"
"오천 원, 아니 삼천 원! 남포동 길거리에서 샀지?"

사람들은 보통 취미를 고를 때 몇 가지 조건을 갖다 댄 본다. 원래부터 하던 과업에 무리가 가지 않는 활동 인지, 제 지갑 사정이 허락하는 활동인지 따위를. 나처 럼 즉흥적인 이들은 앞뒤 안 가리고 꽂히는 대로 뛰어 들기도 하지만, 그런 사람이라고 셈법이 아예 없지는 않다.

몇몇 예외적인 경우를 제외하고는 취미에는 어느

정도 돈과 품이 들기 마련이지만, 귀한 돈과 시간을 갈아 넣었다고 결과물이 항상 제 값어치를 하는 건 아니다. 그렇다면 취미 생활을 꾸준히 이어가는 많은 사람들은 혹시 주먹셈 하나 못하는 멍청이일까? 당찮은 소리. 남들 눈에는 잘 보이지 않아도 들인 돈과 품을 상쇄할 만큼 취미라는 봇머리에서 나름대로 만족스러운 효용이 쪼르르 흘러나오고 있을 테다.

뜻밖에 내 취미 목록에서 효용에 해당하는 부분은 돈이었다. 인터넷에서 호두파이 레시피를 찾아보고 집 앞 마트에서 버터니, 호두니, 밀가루 따위를 사서 만지작거리면 얼추 괜찮게 생긴 파이가 탄생했다. 영수증에 찍힌 가격을 몇 개분으로 나누어 계산해 보면 제작 원가는 하나당 육천 원에서 칠천 원 정도였다. 내 손으로 만들었다는 보람을 내놓고서도 풍미 가득한 호두파이는 프랜차이즈 빵집의 이만 원 남짓한 녀석보다 맛이 좋았다.

문제는 가성비 넘치는 취미에 익숙해진 인간이 대바늘을 잡을 때 일어났다. 적당한 양털실은 한 타래가 오천 원이 넘는 게 다반사다. 두 타래 정도 사야 목도리를 알맞게 뜰 수 있으니, 재룟값 만원에다 그간 들어간 인건비까지 더하면 목도리 하나에 몇 만 원은 받아야 수지가 맞을 터였다. 그런 와중에 앞뒤 사정을 알 리 없는 친구가 터무니없는 '희망 소비자 가격'을 부르니 정말이지 뒷목 잡고 쓰러질 노릇이었다. 오천 원, 아니 삼천 원 소리를 들은 빨간 목도리의 무늬는 그날따라 왠지 더 촌스러워 보였고, 군데군데 나 있는 구멍은 도로 한가운데에 생긴 싱크홀처럼 크게만 보였다.

만들면 만들수록 남겨 먹는다는 느낌을 강하게 주는 호두파이, 그리고 하나둘 완성해 갈수록 주인의 돈을 파먹는 듯한 뜨개질. 가계부로만 따져보면 둘은 마치 만화영화에 단골로 나오는 천사와 악마 캐릭터의 모습을 하고 있었다. 그러니 호두파이 만들 때마다 두꺼워지는 마음이 대바늘 잡을 때마다 얇아지는 지갑의 속도를 따라가기란 여간 힘든 일이 아니었다.

가성비. 이 단어에 신경을 쓰며 산 게 어디 하루 이틀이던가. 펑펑 써도 모자람이 없는 집에서 태어나지 못했으니 가성비란 단어가 인생의 동반자로 발탁되는 게 예정된 수순이었을지도 모르겠다. 앞으로 살면서

벌 돈은 유리함수의 점근선처럼 어느 수준의 액수를 넘어설 일이 없어 보였고, 사소한 것 하나에도 비용과 효용을 저울질하는 습관은 일차방정식의 하나뿐인 답인 듯했다. 취미라고 해서 인생의 수학 법칙에서 예외일 이유는 없었다.

어느덧 그 의미를 모르는 사람이 거의 없을 정도로 가성비는 우리 일상에서 중요한 잣대로 자리 잡았다. 호두파이에 들어갈 밀가루를 체로 치는 모양으로, 소소한 취미 하나마저 계산적인 체로 거르는 삶이란 다소 빡빡하게 보이지만, 충족할 욕구는 차고 넘치는데 쓸 수 있는 돈은 한정되어 있으니 어쩔 수 없는 노릇이다. 그 빡빡한 체를 삶에서 짐짓 떼어내자니 우리는 이미 너무 잘사는 나라의 국민이 되어버렸다. 평균 소득을 훌쩍 넘어선 평균적인 삶의 기대치. 평범하게 사는 일이 꿈이 되어버린 시대.

무슨 수를 써도 가성비라는 이름의 체를 마음에서 떼어낼 수 없다면, 나는 계산적인 체의 구멍이나마 좀 넓혀보기로 했다. 뜨개질의 최종 산물인 목도리의 가치를 발굴함으로써 말이다. 일단 뜨개질이라는 행위의 노동 가치는 작지 않았다. 비싼 가격의 실은 덮어두고서라도 틈틈이 들인 막대한 시간을 다른 노동에 투입했다면 적잖은 돈을 손에 쥐었을 것이다. 그러나 애석하게도 이는 허공에 내지른 주먹이었다. 현대 주류 경제학에서 노동 가치는 쉽사리 인정받지 못한다. 더 중요한 대접을 받는 건 소비자의 효용, 희소성 따위다.

생각이 그에 미치니 가방 속 대바늘은 슬그머니 의기양양한 자세를 취했다. 손수 만든 목도리를 선물로 받은 이들이 지은 미소는 여느 생일 선물 앞에서도 보인 적 없던 미소였으니까. 또 이 목도리는 오직 한 사람을 위해 만든, 세상에 단 하나밖에 없는 '커스터마이즈드 리미티드 에디션'이었으니, 아마 지구가 멸망하는 날까지도 유일할 터였다.

"진짜 잘 만들었네. 내다 팔아도 되겠다."

취미로 뜨개질하는 사람으로서 이런 말은 최고의 찬사가 아닐 수 없다. 그렇지만 부끄러운 실력으로 탄생한 작품이 지닐 수 있는 무기가 희소성이 고작이란 사실을 잘 알고 있다. 여러 개 생산해서 시장에 내다 놓는 순간부터는 교환가치라는 굴레를 쓰게 될 터였으니 소중한 무기를 땅바닥에 던지는 짓은 마음에 썩 내키지 않았다.

체의 구멍을 더듬다가 사용가치라는 지점에 다다르니 더 손댈 곳이 없어 보였다. '부디 선물 받은 사람 품에서 귀히 쓰이기를⋯.' 내 손으로 만든 자식 같은 놈에게 줄 수 있는 마지막 축복이었다.

얼마 전에는 검은색 캐시미어 실을 사서 어머니께 목도리를 만들어 드렸다. 캐시미어⋯ 말만 들어봤지 옷은 고사하고 실 뭉텅이 잡아본 것도 처음이었지만 한껏 보드라운 게 여타 싸구려 실과는 빛깔부터 달랐다. 주먹만 한 실이 두 뭉텅이 해서 십만 원 정도 했던가. 가난한 대학생의 지갑은 오랜만에 다이어트를 격하게 한 셈인데 외려 마음은 두둑해졌다. 깜짝 선물을 받은 어머니의 환한 미소. 아들내미가 떠줬다고 은근히 자랑할 모습. 생각만 해도 든든한 게 어찌 마음에 살이 아니 붙을까.

아무렴, 십만 원이면 싸게 친 격이다. 이쯤 되면 가성비는 백 점 그 이상을 줘야겠다.

# 일차원의 선을
# 이차원의 면으로 짜내는 작업

낯선 낱말에 은근히 묻어 있는 어감이 좋다. 저녁이라
는 말 대신 땅거미가, 새벽 대신 어스름이라는 표현이
그런 이유로 끌린다. 자주 쓰지 않는 말인데도 마음
사전에 본래부터 자리 잡은 낱말 같은 느낌이 든다.
허나 새벽을 무어라 부르든 내가 그것에 서름하다는
사실만은 변치 않는다. 자정이 한참 지난 시간에야 잠
자리에 들 준비를 하는 사람은 새벽과 인연이 없다.

어쩌다 내가 새벽 앞에 놓이게 된 건 다 모기 녀석
때문이다. 때문인지 덕분인지는 모르겠으나 죄 많은

녀석임은 틀림없다. 모기장 한구석에 생긴 개구멍은 크기와 무관하게 사람의 하루 치 꿈을 모두 빨아먹는다. 어쨌든 새벽 공기를 폐에 들이붓는 일은 울림이 있다. 바다가 가까운 마을에 살아서인지, 어젯밤 때아닌 비가 내려서인지, 이도 저도 아니면 그저 변덕스러운 내 마음이 이를 흡족히 여기는지는 알 수 없다.

미닫이 나무 창문을 열면 다세대 주택 모퉁이 방에서는 커다란 은행나무가 한 그루, 화분에 뿌리내린 다육 식물이 세 그루 보인다. 왕복 5차선 도로에 접해 있는 방 위치를 생각하면 지상에 뿌리내린 두 아름드리하는 은행나무에 새삼 고마운 마음이 든다. 버스를 비롯한 자동차와 오토바이의 소리를 먹어주는 데다, 번화가가 멀지 않은 지역인데도 전원생활의 기분을 내게 해주니 말이다.

밖은 아직 자연이 우세한 시간이다. 동이 튼 지는 진작에 지난 듯한데 인간이 내는 소리는 잔잔한 수면에 넘실거리는 파동 같다. 은행나무에 앉은 까치가 지저귀는 소리나 화분 주위 날벌레의 몸짓에 오감이 울려댄다. 원근법 때문인지 이파리를 기는 벌레 하나는 거

리를 걷는 사람 한 명과 비슷한 크기다. 부지런히 새벽
일을 나가는 길인지 밤새워 놀고 들어가는 길인지 모
를 사람에게도 마땅한 이름이 있는 것처럼, 작은 벌레
하나에도 번듯한 이름이 있다. 둘 다 인간이 지어준 것
이지만 아쉽게도 나는 그들을 뭐라 불러야 할지 감감
하다. 다만 관심이 가는 방향은 거리 위 이름 모를 인
간 쪽인데, 전공이 생물학이 아닌 도시공학이라 어쩔
수 없는 일이다.

그러고 보면 도시와 뜨개질은 묘하게 닮은 구석이
있다. 뜨개질은 일차원의 선을 이차원의 면으로 짜내
는 작업이다. 면은 그 속에 무수히 많은 선으로 자신
을 채우며 확장하기에, 애초 완성까지 예상했던 시간
은 매번 불어나곤 한다. 코바늘로 원형 찻잔 받침 하나
를 떠도 초반에는 금세 늘어나는 듯싶지만, 편물이 적
당히 넓어진 뒤에는 살이 잘 안 붙는다. 원의 반지름이
길어질수록 들어가는 시간은 제곱수로 늘어나고, 그
만큼 진행 속도도 느려지기 때문이다.

도시를 배우는 일 역시 하나의 면을 탐구하는 작업
이다. 도시의 물리적 요소가 토지이용계획 도면과 같

은 평면 종이에 담기는 까닭도 있지만, 사람 사이의 연결을 다룬다는 점에서 보다 그러하다. 도시는 사람과 사람이 만나 상호작용하는 공간이자 그들이 함께 발을 맞춰 춤을 추는 무대나 다름없다. 잘 갖춰진 무대 위에서 사람들은 제각기 삶의 개성을 뽐내며 연극을 이어가고, 그에 따라 드러나는 다양성은 예로부터 도시의 강력한 힘이자 무기였다.

점과 점의 단순한 이어짐이 아닌, 선線의 인간관계가 복잡하고 다양하게 얽혀 있는 도시는 한 단계 높은 차원 위에 존재한다. 그래서인지 도시 문제는 해결되나 싶다가도 삐끗하기 일쑤며, 실마리가 풀린다 해도 한참 시간이 지나고 나서인 경우가 많다.

인간의 삶 또한 마찬가지. 시간의 실로 뜨는 삶의 편물은 끝없이 확장하는 나선은하다. 은하의 이랑과 고랑을 넓혀가는 동안 우리의 생활은 무미건조해지고 돈은 항상 부족할 것이며, 오늘보다 나은 내일을 꿈꾸는 건 헛된 소망이 될지도 모른다. 그런데도 '지금' '여기'서 일상의 기쁨을 감사히 받아들이고 슬픔을 묵묵히 감내하는 건, 그게 정답이어서가 아니라 그것 말고는 할 수 있는 게 없어서가 아닐까.

어수선한 마음에 머리맡 선반에서 뜨개실 뭉치 대신 책을 하나 꺼낸다. 가까운 때 도서관에 반납할 소설책이다. 읽기 속도가 남들에 비해 빠르다고 여기지는 않지만 그럼에도 묘하게 오래 걸린 구석이 있다. 한용운 시의 한 구절처럼 "읽기 싫어서 읽지 못하는 것이 아니라 읽고 싶어서 다 읽지 않는" 그런 책이다. 하루 중 유일하게 자동차의 엔진보다 참새의 목청이 우렁찬 시간은 책 읽는 인간을 담담히 둘러싼다.

뒤표지에는 작가의 사진이 찍혀 있다. 적당한 크기의 눈, 들창코, 앙다문 입술. 소설가의 초상은 가끔 지나치리만큼 평범하다는 인상을 주곤 한다. 이들의 얼굴이 평범함에 새삼 놀라는 까닭은 내놓은 작품이 주는 풍미가 범상치 않은 데 있다. 평범하게 생긴 사람들이 평범하지 않은 글을 쓴다. 평범한 사람들이 평범하지 않은 도시를 만들어가고, 평범한 새벽 어스름은 옹골진 삶의 편물에 단을 하나 더한다.

그 편물 단 사이 고랑 틈에 숨겨져 있는 것이 행복이라면, 기꺼이 오늘 하루를 살아내야지.

## 실을 당기며
## 힘을 빼는 법을 배우다

늦게 잠들기 버릇하는 인간에게 새벽 일정이란 예약된 고통과 같다. 열두 시 되기 전에 불을 끄고 이불을 이마까지 끌어 덮어도 잠은 공연히 오지 않는다. 습관에 묻어난 관성은 쉬이 떨치기 힘든 법. 〈G선상의 아리아〉를 세 번 돌려 듣고 양을 팔십 마리쯤 세어봐도 눈꺼풀 뒤 안구는 끄떡 하나 없다. 빨리 잠에 들라는 세포와 늦게 잠들던 세포의 결투는 지는 쪽이 매번 같지만, 피로감을 휘감은 채 칫솔을 입에 물 때서야 항복 선언이 나온다. 애당초 승산이 없는 싸움이다.

자는 습관 하나 고치기도 이렇듯 쉽지 않은데 인류의 생활 패턴을 통째로 바꾼 일은 얼마나 대단한 일인지 새삼 느낀다. 전구와 시계의 탄생이 대표적이다. '에디슨이 전구만 발명하지 않았다면'으로 시작하는 가정법은 으레 그렇듯 삶에 별 도움이 되지 않는다. 그렇지만 야근과 철야 작업, 밤샘 공부에 시달리는 한국인에게는 대상이 누가 됐든 투덜거릴 표적이 하나쯤 필요한 법이다. 남 탓하지 말고 문제의 원인을 자신에게서 찾으라는 말은 냉철한 사람이 할 수 있는 가장 잔인한 충고다.

근대산업 하면 방직기나 증기기관을 먼저 떠올리는 이가 많겠지만, 시계의 보급과 개량 역시 당대 사람들의 생활에 적잖은 영향을 끼쳤다. 정밀한 시간 개념을 가진 쪽과 가지지 않은 쪽이 서로의 삶을 완벽히 이해할 수 있을까. 해가 뜨고 지는 것에 신체 리듬을 맞춘 사람과 교회 시계탑 종소리에 하루를 맡긴 사람은 3천만 년마다 1초의 오차가 생기는 원자시계로 작동하는 세상을 상상할 수 없다.

정밀한 시간의 보급은 우리 삶을 더 정교하게 그리

고 체계적으로 돌아가게 했다. 맥주, 통조림, 과자, 자동차, 스마트폰, 아파트, 심지어 결혼식까지. 우리가 여태껏 찍어내지 않는 제품이 있다면, 그건 아마 불가능의 문제보다는 거부감의 문제일 테다. 줄어든 오차만큼 세상이 각박해졌다거나 컨베이어 벨트가 낭만을 밀어냈다는 비판이 무색하게도, 일상에서 누리는 표준의 과실은 너무나 달다.

정해진 틀 혹은 표준이라는 단어는 어느 낱말의 상대가 되느냐에 따라 사뭇 느낌이 달라진다. 자유의 반대편에 놓일 때는 기어코 벗어나고 싶은 족쇄겠지만, 익숙지 않은 상황이 불러일으킨 막막함 앞에서는 오히려 구원의 손길이 된다. 창의력이 부족한 사람이 미지의 영역에서 살아남기 위해서는 일단 정해진 양식에 익숙해지는 게 우선이다.

고백하건대 나는 뜨개질 책을 펼쳐본 기억이 없다. 뜨개질을 처음 시작한 군대라는 환경상 책을 구해다 보기가 여의치 않았기 때문이기도 하지만, 유튜브 속 뜨개질 영상이 차원이 달랐기 때문이다. 말 그대로, 책은 이차원에 갇혀 움직이지 않는 스승님이었고, 유튜

브는 이차원 모니터에서나마 살아 움직이는 스승님이었다. 고무뜨기를 하는 와중에 잔잔한 음악을 깔아준다거나 댓글로 궁금한 걸 바로 물어볼 수 있다는 점도 마음에 들었다.

영내에서 스마트폰을 이용할 수 있는 지금에야 옛날 말이 됐지만, 군대 사지방(사이버 지식 정보방)에 이어폰, 바늘, 실을 들고 가면 한 시간 동안 뜨개질을 배울 수 있었다. 초등학교 6학년 이후 처음 잡아본 실과 바늘에 익숙해지는 데 일주일, 혼자서 코를 잡는 데까지 일주일이 더 걸렸다. 하루에 사지방에서 쓸 수 있는 시간이 다 끝나면 생활관 침대에 누워 실을 뜨고 풀기를 반복했다. 겉뜨기, 안뜨기, 고무뜨기까지 익히고 나니 무엇이든 뜰 수 있을 것 같다는 자신감이 샘솟았다.

기초 쌓기를 얼추 마무리하고서는 목도리 뜨기에 도전했다. 쉽고 무난한 작품이어서인지 목도리 뜨기 영상은 유튜브에 무수히 올라와 있었다. 평소 눈여겨봤던 스승님의 채널에 들어가 영상을 틀었다. 코를 잡은 후 고무뜨기로 쭉 올라가기만 하면 그만이었다. 시간을 좀 들이면 군복 입은 나도 거뜬히 뜰 수 있겠다 싶었다.

여기서 복병이 하나 등장했는데, 스승님이 몇 코로 시작해야 하는지를 명확히 알려주지 않는 것이었다. 나는 창의력이 다분히 부족한 사람이어서, 정밀한 표준 규격을 정해주지 않으면 좀처럼 손을 대지 못했다. 곤란한 제자의 마음을 아는지 모르는지, 카메라 앞에서 스승님의 손은 태연히 움직였고 설명은 뒤에서 쉼없이 이어졌다. 사람마다 목 치수가 다르니 자기 치수에 맞게 시작할 코를 잡으라는 말은 당연한 소리였다. 재밌는 건 그다음 말이다.

"똑같은 실, 똑같은 바늘, 똑같은 콧수로 시작한다고 뜨개 작품이 모두 똑같이 나오는 건 아니에요. 실을 당길 때 힘을 얼마만큼 주느냐에 따라 결과물이 조금씩 달라진단 말이죠."

알레그로Allegro. 흔히 우리가 클래식에서 '빠르고 경쾌하게' 연주하라는 뜻으로 알고 있는 이탈리아어다. 그런데 알레그로 지시어가 쓰인 구간이라고 해서 모든 지휘자가 똑같은 속도의 빠르기로 지휘봉을 흔들지는 않는다. 얼마나 빠르게 연주할지는 지휘자가 악

보를 어떻게 해석하느냐에 따라 달라진다. 뜨개질에서 실을 당기는 힘, 여기에도 절대적인 표준은 없다. 클래식 악보에는 그나마 속도를 지시하는 메트로놈 metronome 기호가 있다지만, 뜨개질 도안에서 '이 구간은 실을 몇 뉴턴의 힘으로 당기라'는 기호는 눈을 씻고 찾아봐도 없다. 뜨개질하는 사람은 자신이 만들고 싶은 느낌에 따라 적당히 힘을 주면 되고, 그에 맞춰 시작하는 코를 잡으면 된다.

힘을 많이 주어 실을 당기면 편물이 쫀쫀해지고 촘촘해진다. 과도하게 힘을 주면 뻑뻑한 느낌까지 난다. 반대로 힘을 적게 주면 편물이 느슨하고 여유롭다. 동일한 개수의 코로 시작했다면 힘을 적게 준 편물이 힘을 많이 준 편물보다 크기가 다소 넉넉한 감이 있다.

여기까지 보면 일장일단이라 취사선택의 문제로 보이겠지만 꼭 그렇지도 않다. 고수들은 자신의 취향과 느낌에 따라 실을 당기는 힘을 조절할 요령이 있지만 초보들은 열에 아홉은 의도치 않게 힘을 과하게 준다. 익숙지 않은 일에 서툴러서 긴장하기에 그렇다. 뜨개질이 흥미로운 게, 처음에 힘을 세게 주어 시작하면 나중에는 진행하기가 배로 어려워진다. 흡사 일 처리를 잘못하고 수습에 끙끙대는 신입 사원처럼, 뻑뻑하게 짠 편물은 구멍이 작아져 바늘을 찔러 넣기가 여의치 않기 때문이다.

들쭉날쭉한 힘으로 실을 당긴 게 편물에 그대로 드러나는 시절을 거쳐 한없이 고르고 너끈한 편물을 맞이하는 순간까지, 뜨개질하는 사람은 초보 티를 벗을수록 힘을 빼는 법을 배운다. 지나치게 힘이 들어갔다고 푹 기죽어 있을 필요는 없다. 계속하기만 한다면 시나브로 고쳐질 습관이다. 처음이라 긴장해서 힘이 들어갔을 뿐이다. 얼마 동안은 뻑뻑해서 작아진 구멍 찾기가 버겁겠지만 그 또한 나아질 일이다. 어느 사이인지도 모르는 때에 넉넉해진 구멍과 느슨해진 편물이 당신을 깜짝 놀라게 해줄 테니까.

# 단수링이
# 안 보이네요

"단이 시작되는 코에 단수링을 걸어주세요. 대바늘의
원형 뜨기든 코바늘의 짧은뜨기든 한 바퀴 쭉 돌리고
오면 다시 그 위치가 됩니다. 그럼 편물이 한 줄 늘어
나겠죠? 거기서 변화를 넣어주세요. 단수링 걸어놓은
위치에서 코를 추가로 더 뜨는 만큼 편물의 너비가 넓
어지거나 편물의 진행 방향이 바뀝니다."

익숙한 감각, 어디서 느껴본 적 있다 했더니 토익
LC 책을 처음 폈을 때와 비슷한 느낌이다. 귀에 익지
않은 낱말의 조합은 이방인의 머릿속을 무질서하게

떠다닐 뿐, 뭔가 듣긴 들은 것 같은데 도저히 하나의 멀끔한 덩어리로 인식되지 않는다. 막상 자막을 펼쳐 보면 웬걸, 얼추 알고 있는 말들이다. 영어 문장 하나에도 나름의 운율이 있어, 소리의 빠르기와 높낮이를 짚어가며 들으면 비교적 수월하다는 사실을 깨닫게 된 지 얼마 안 됐다. 프랑스어 왕초보 강의를 듣는 지금도 헤매는 건 매한가지다.

좋아서 배우는 프랑스어라지만 뜨개질 알아가는 재미만은 못하다. '단수링.' 단수 표시링이라고도 불리는 이것은 뜨개질에 쓰이는 유용한 도구다. 모자나 장갑처럼 원형으로 떠 올라가는 편물에 필요한데, 매 단이 시작한 위치를 표시해서 알려주는 것이 앙증맞은 고리의 용도다. 이 위치에서 방향이 바뀌거나 콧수에 변동이 있기에, 만약 단수링 없이 진행하다가 지점을 잘못 짚으면 모양이 삐뚤어지거나 무늬가 어긋나기 쉽다. 초보들은 옆에서 봐주지 않으면 흔히 그런 실수를 저지른다.

도구 탓을 하면 진정한 장인이 아니라며, 단수링 없이 뜨개질하는 호기를 부린 기억이 있다. 목도리만 주야장천 만들다 큰마음 먹고 도전한 모자였는데, 정신 차리고 보니 무늬가 맥도날드 소프트콘 모양으로 비비 꼬여 올라가고 있었다. 중간에 구멍이 송송 나는 대참사는 면했지만, 애초 계획했던 일자 무늬와는 영 딴판이었다. 간밤에 잠을 설쳤다거나 촉박한 시간에 여유가 없었다는 핑계를 댈 수는 없었다. 반복 작업에서 비롯한 매너리즘으로 대바늘 끝처럼 뾰족해야 할 감각을 둔하게 만들어놓은 게 화근이었으니까. 나무늘보처럼 멍한 표정으로 모자를 떴으니 단수링이 있었다 한들 별반 다를 바 없었을지도 모를 일이다.

무늬가 어긋난 부분을 찾아 실을 줄줄 풀어갔다. 선반 위 블루투스 스피커에서는 어느덧 드뷔시의 〈달빛〉이 흘러나오고 있었다. 좌로 우로 실을 당기다 문득 생각했다. 삶에도 이런 단수링 하나쯤 있다면 어떨까 하고. 내가 맞는 자리에 서 있는지, 옳은 방향으로 나아가고 있는지를 알려주는 길라잡이. 여기서는 다소 굳세게 전진하고, 거기서는 잠깐 멈춰서 호흡을 고르라고 말이다. 방향을 바꾸는 방법과 생활의 두께를 키우는 요령까지 친절히 알려주면 좋겠다. 그리된다면 어리숙한 초보는 헤매는 일은 있을지언정 불안하지는 않을 테다. 단수링은 답을 명확히 내어주니까. 스톱 그리고 고. 그저 믿고 따라가기만 하면 된다.

교사가 꿈이었던 시절에는 롤모델을, 전역 후 대학 생활에 지칠 때는 멘토를, 하다못해 모바일 게임 속에서도 믿음직스럽게 끌어줄 실력자를 원했다. 믿고 따라가면 될 것만 같은 이를 그토록 찾아다녔는데 끝내 돌고 돌아 다다른 곳은 시작한 지점이다.

어떤 지점에서는 생각의 방향을 틀어야 하고 어떤 지점에서는 마음을 고쳐먹어야 할 터인데, 인생에 단수링이라 할 만한 게 눈에 뵈지 않으니 영 불안하기는 어쩔 수 없는 노릇이다. 그렇지만 박연준 시인의 책 제목처럼 '인생은 이상하게 흐른다'. 계획대로 되지 않고 강물과 같이 이상하게 흐르는 게 인생이라면, 쌓인 퇴적암에 남게 되는 건 오직 저만이 그릴 수 있는 무늬겠다. 우리는 그렇게 각자의 그림을 그리며 묵묵히 세상을 받아낸다.

초보는 모래시계 속 내용물을 양껏 흘려보낸 후에야 어리숙한 티를 벗는다. 단수링에 기대어 뜨개질하던 인간은 고리를 자신의 눈동자에 하나씩 넣는 법을 익힌다. 얼마 안 가 비로소 그는 단수링이 필요 없게 될 것이다. 편물의 패턴을 읽을 줄 알면 형형색색 플라스틱 고리의 도움 없이도 중요한 지점이 보이기 마련이니까.

어디서 출발했는지, 어디로 가고 있는지도 모를 오늘이지만 확실히 말할 수 있는 건 한 발 앞으로 내딛는 중이라는 것. 어제와 별반 다를 바 없다 해도, 일 년 전과 똑같은 몸짓을 되풀이하는 듯해도 내 삶의 모자 뜨기는 차근히 몸집을 불리는 중이다. 편물의 패턴을 읽을 줄 아는 사람이 단수링 없이도 중요한 지점을 곧잘 찾을 수 있기에, 나 역시 하루가 다르게 삶의 궤적을 읽는 법을 배우는 중이다.

일단

오늘은 여기였소

별 약속 없으면 나가지 않는다고, 소위 말하는 '집돌이'라고 어디 가서 소개하면 사람들이 잘 믿지 않는다. 여느 활달한 사람 못지않게 기운을 내뿜는 이가 그런 소리를 하고 있으니 아마 능청을 떠는 모습으로 보였을지 모른다.

"딱 I네. 혼자 시간 보낼 때 에너지를 충전하고 사람들 만나면 쓰는 타입이거든. E는 그 반대고."

MBTI에 한창 빠져 있는 친구는 오랜만에 만난 자리에서 명쾌히 진단을 내렸다. 사람 성격 유형을 16가지로 나눈다는 게 왠지 꺼림칙해 차일피일 검사를 미뤄 놓던 차였다. 뭐야, 무슨 배터리도 아니고. 그렇게 치면 밖에서 에너지 폭발하는 나는 고효율 리튬 전지쯤 되나?

나가서 사람 만나는 일이 꺼려진다기보다는 집 안에서 혼자 할 만한 일이 많은 쪽에 가깝다. 재미를 쉽게 느끼는 만큼 행복 더듬이가 민감한 편이랄까. 뜨개질, 독서, 드라마, 영화, 홈베이킹, 이따금 맛있는 요리까지. 간단히 집어 먹을 간식을 조금 만든 다음 침대에 비스듬히 누워 넷플릭스로 영화 한 편 보면 그곳이 진정 낙원이다.

집돌이에게 없어서는 안 될 친구, 넷플릭스를 이용한 지는 좀 됐다. 뜨개질하면서 볼 만한 것쯤 하나 있었으면 하는 싱거운 바람은 큰누나의 프리미엄 계정에 마침 빈자리가 났다는 우연을 만나 꽃을 피웠다. 일 년 치 구독비는 간간이 조카들 놀러오면 돌보아 주는 것으로 셈했으니 뭐랄까, 이건 마치 무임승차다.

무제한 콘텐츠 서비스인 점을 생각하면 활용도는 낙제점에 가깝다. 원래도 영화를 틈내서 보러 가는 인간은 아닐 뿐더러 서사의 완급을 견디며 진득이 앉아 있는 성격도 못 되는지라 드라마 역시 가깝지 않다. 다만 시작의 힘은 무시 못 하는 게, 한두 편 보던 영화가 스무 편으로 늘었고 드라마 정주행을 다섯 작품이나 마쳤다. 새로운 취미가 생겼다고 자랑하기에는 민망할 일이지만 밀린 숙제를 끝낸 기분이 나쁘지는 않다.

지도 앱에 표시해 놓은 맛집처럼, 언젠간 꼭 봐야지 하고 미루어 놓던 드라마가 몇 개 있다. 김은숙 작가가 극본을 맡은 드라마 〈미스터 션샤인〉이 목록에 있었는데 긴 여정의 끝을 최근에야 보았다. 총 스물네 편의 대장정을 가는 동안 연두색 실로 냄비 받침을 하나 떴고 고무뜨기로 빨간 목도리가 둘 탄생했다. 끝까지 길을 걷게 해준 페이스메이커는 단언컨대 배우들의 명품 연기이지만 드라마가 줄곧 던지는 메시지가 퍽 와닿았다.

"이건 내 역사고, 난 그리 선택했소."

사르트르는 인간이 자신의 존재를 스스로 선택할 수 있다고 했다. 조선에서 태어나 미국인으로서 생을 보내며 끝끝내 이방인이었던 이의 말은 격동하던 시대에 던져진 존재의 선택을, 그 선택이 빚어내는 존재의 역사를 남김없이 보여주고 있었다.

'뜨개질하는 나'는 어떤 사람인가를 종종 생각한다. 한창 뜨개질에 빠져 있을 때는 아니고, 잠시 대바늘과 낯가리는 시간을 가질 때 그렇다. 멋진 사람이라 결론 짓기에는 남들 눈에 멋있어 보이는 모습을 바랐던 게 아닐까 싶고, 쓸모 있는 사람이라 믿기에는 한없이 무용한 몸짓이었다. 남자가 뜨개질하는 게 어때서, 뜨개질하며 살아도 괜찮다는 말을 주문처럼 되뇌면서도 점심때 든든히 채운 배가 저녁에 꺼지는 것처럼 곧잘 헛헛해졌다.

하여튼 바보 같은 생각. 배가 고프면 냉장고 문을 열어 뭐라도 꺼내 먹으면 될 일이다. 그렇듯 주문이 풀렸으면 잠자코 다시 걸어주면 된다. 나는 내 선택으로 나를 빚어간다. 나는 매 순간 뜨개질을 선택하는 중이다. 뜨개질의 시작이 스트레스에서 탈피하고자 했던 목적이었다면 지금까지 뜨개질을 지속하는 건 내가 밟고자 하는 길이 틀림없다. 나는 나를 실현하는 한에 있어서만 실존하고 그것은 내 본질이 어떠한가와 무관하다. 그저, 내 행동을 통해서만 정의될 뿐이다.

사물은 본질이 실존에 앞선다. 대바늘은 뜨개질에 사용되는 게 제 쓰임이고, '뜨개질용 바늘'이라는 쓰임새에 맞지 않는 대바늘은 대바늘이라 할 수 없다. 그러나 인간은 그렇지 않다. 뜨개실이나 대바늘과 달리 인간의 실존은 본질에 앞선다. 뜨개실은 무엇이라 정의할 수 있어도 뜨개질하는 나는 딱 잘라 말할 수 없다. 나는 순간순간 미래로 나를 내던지며 뜨개질이라는 행위를 선택하고, 행동하며, 책임짐으로써 존재 이유를 만들어갈 뿐이다.

그렇다면 질문, 뜨개질하며 살아도 괜찮을까?

일단 오늘은, 뜨개질하며 사는 게 내 존재 자체다. 그 안에 괜찮음의 잣대가 들어갈 틈은 없다.

얼마는
둘러 오느라
퍽 늦을지도
모른다

'애물단지.'

팥죽처럼 농도가 짙은 말에 이따금 먹먹해진다.

모든 애물愛物이 한때는 애물愛物이었음을 생각한다. 그러니까, 애를 태우거나 성가시다는 감정 앞에는 분명 사랑이 있었을 테다. 너 없으면 안 된다는 절절한 구애의 시기는 길든 짧든 끝나는 순간이 있다. 한용운 시인의 말처럼, 만날 때에 미리 떠날 것을 염려하고 경계하지 아니한 것은 아니다. 어쨌든 가슴이 놀라고 슬픈 마음을 갖기에 물건의 묵직함은 사람보다는 덜하다. 방구석에 애물단지가 쌓여가는 일도, 어느 날씨 화창한 날에 그것들을 고이 싸서 버리는 일도 우리 운명의 지침을 아주 조금 들릴 뿐이다.

한번 녹은 아이스크림은 냉동실에 넣을 수 없다. 고집을 부려 다시 얼린들 처음 상태와는 사뭇 다른 아이스크림이 되어 있다. 이처럼 운명을 개시한 아이스크림 통에서 숟가락을 끝까지 빼지 못하는 쪽은 그날 점심을 굶은 사람이 아니다. 그 역할은 번번이, 멀쩡한 걸 버리기는 너무 아깝다고 생각하는 이의 몫이다. 마찬가지로 먼지 덮인 애물단지를 꺼내는 이 역시 대개 물건을 산 사람과는 다른 쪽이다.

"안 쓴 지 오래돼서 갖다 버려야 할 거야."

"그럼 내 방에 놔두고 쓸 게."


25만 원이었던가 35만 원이었던가. 홈쇼핑에 나온 가정용 오븐을 한껏 벼르다가 구매했다는 누나의 증언 외에는 방구석 애물단지에 관해 아는 바가 없었다. 본체 위에는 제각기 굵기가 다른 먼지가 잿빛으로 한 겹 덮여 있었고 유리문 안쪽에는 머핀인지 마들렌인지 출처를 모를 빵의 흔적이 남아 있었다. 사은품으로 온 철판, 빵틀 두어 가지는 수납 상자에 고이 담겨 있었고 타이머를 돌리니 태엽이 감기면서 그래도 제법 날카로운 울음을 터뜨렸다.


계획 없이 사냐는 말을 들을 때면 괜히 울컥해 귀가 빨개지는 편이지만, 홈베이킹을 개시할 때를 떠올려보면 어느 정도 일리는 있다. 먼지만 대충 닦고 마수걸이로 만든 생크림 케이크. 해봐야겠다고 마음먹은 그 이튿날 인터넷 블로그를 어깨너머로 보며 뚝딱 해치웠다. 연습이 곧 실전이었다. 동창들이 한자리에 모이는 스승의 날에 짝사랑했던 아이 앞에서 뽐내고 싶기도 했고 공부 말고 다른 것도 잘한다는 소리를 내심 듣고 싶은 마음도 있었다.

결과는 묻지 말자. 세 겹으로 나눌 줄 몰라 생크림을 대충 얹은 통짜 제누아즈를 세로로 잘랐을 때 뭉친 밀가루가 듬성듬성 나타난 모습이란…. 체로 치지 않은 밀가루처럼 머리가 희끗희끗해서 기억이 가물거리는 날까지 결코 잊을 수 없는 장면이다. 허접한 빵의 속살을 보는 내 얼굴은 민망함에 홍당무가 됐고 친구들은 조용히 낄낄댔던 걸로 기억한다. 은사님 딴에는 제자가 노력했답시고 케이크 속 알알이 박힌 밀가루 덩어리를 귀엽게 보셨을까. 몇 년 지나지 않아 급작스럽게 암으로 돌아가신 고인의 대답을 지금은 들을 수 없다.

초등학생 조카가 만들었나 싶은 케이크 아이싱 실력은 이후 꾸준한 노력에도 일정 수준을 넘어서지 못했다. 서투름의 용납. 주력 상품이 케이크에서 호두파이로 넘어간 건 그런 이유에서다. 미흡한 손재주로도 번듯한 외관의 디저트가 만들어지는 것이 실로 놀라웠는데, 엄마가 흰옷보다 검정 옷이나 회색 옷을 좋아하는 까닭을 알 법도 했다.

사랑하는 사람을 보내는 일에 예고가 없듯 애장품이 마음에서 떠나는 일도 한순간임을 안다. 관계 맺음의 순간부터 헤어짐은 각자의 코스를 따라 이쪽으로 마라톤을 시작한다. 더러는 금방 도착할 테고, 얼마는 둘러 오느라 퍽 늦을지도 모른다. 계피와 호두 냄새가 한껏 밴 오븐 역시 세월의 태엽을 돌리다 보면 그렁저렁한 애물단지가 되어 있으렷다.

한 점 남김없이 아껴주면, 그때는 조금 덜 슬프려나. 감친 마음으로 오븐 위 먼지를 구석구석 닦아낸다.

# 엉킨 실을
## 풀어볼 용기

하룻밤 자고 일어난 물을 모두 버린다. 전기 포트의 뚜껑을 열고 비어버린 속을 채운 후 스위치를 켠다. 이윽고 쏟아지는 물 끓는 소리. 굉음이 귀를 긁는 막간에는 마음의 양식을 위한 상차림을 한다. 식사를 진작에 끝낸 탁자 위에 올라가는 건 밥과 찬, 국이 아닌 대바늘과 돗바늘, 가위와 실타래다.

인스턴트 커피 두 봉지를 뜯어 넣은 컵에 모락모락 김이 나는 물을 붓는다. 지그재그로 잘 저은 커피를 한쪽에 올려두고 노래를 튼다. 설탕 시럽 들어간 커피 전

문점의 바닐라 라떼는 못 마셔도 카페 분위기를 내지 말라는 법은 없다. 오롯이 나를 위한 시간, 뜨개질에 집중하게 해주는 선율로는 지브리 애니메이션의 수록곡이 제격이다.

베개로 쌓아 올린 간이 소파에 등을 기대고 있음에도, 자그마한 돋보기안경을 코에 걸치고 흔들의자에 앉아 뜨개질하는 모습을 상상해 본다. 훗날의 엉뚱한 모습을 머릿속에 그려보는 건 오랜 버릇이다. '생생하게 꿈꾸면 이루어진다' 같은 낙관적인 믿음보다는 살면서 고를 수 있는 무수한 선택지 가운데 하나를 미리 꺼내 음미하는 행위에 가깝다. 그 상상의 모습에 얼마나 가까워졌느냐는 그때 가서 생각해 볼 일이다.

먼젓번에 작업하던 편물을 꺼내서 펼쳐본다. 안으로 둥글게 말려 있던 목도리는 오랜만에 한껏 기지개를 켠다. 대바늘에 연결된 실을 따라가니 어느덧 몸집이 왜소해진 뭉치가 눈에 들어온다. 한창 뜰 때는 진도 나가는 줄을 몰라도 지나서 돌아보면 금방이다. 실 바구니에서 새것을 하나 집어다가 살며시 코에 댄다. 손때를 타지 않은 실만이 뿜을 수 있는 냄새, 다소 거칠

64

지만 싫지 않은 냄새다.

새 실타래를 개시하는 데는, 그러니까 실의 머리를 결정하는 데는 두 갈래 길이 있다. 초심자가 주로 가는 길은 실타래의 겉 부분에서 시작점을 찾는 것이다. 딱 봤을 때 눈에 띄는 부분이 그쪽이니 당연한 소리다 싶겠지만, 이 길로 출발을 해버린다면 뜨개질하는 내내 실을 당길 때마다 실타래가 빙빙 돌아가는 모습을 마주한다. 그로 인해 실이 필요 이상으로 당겨진다면 공들인 작품에 딱히 좋은 일은 못 된다.

대바늘 좀 만져봤다 하는 이들은 실타래 속으로 손가락부터 넣기 마련인데, 초심자 기준으로 실의 꼬리가 되었던 부분이 이쪽에서는 머리가 되는 셈이다. 속에서부터 솔솔 나오는 실은 제 본래 몸뚱이를 과격하게 흔들지 않으니 실타래는 잠자는 고양이처럼 얌전히 자리를 지킨다. 하지만 이쪽이라고 전혀 문제가 없지는 않은 것이, 실을 어느 정도 내뺄은 실타래 속은 공갈빵처럼 공간이 생긴다. 그 커져버린 구멍으로 실뭉텅이가 왈카닥 나오는 날에는, 하필 또 달리는 지하철 안에서 가방 속 내용물과 뒤섞이는 날에는 자기들

끼리 꼬이고 엉키다 못해 금세 복잡한 미로를 만든다.

사연이 어찌 됐든 실이라는 녀석은 꼬여버리면 풀든지 끊어버리든지 해야 한다. 꼬인 실을 푸는 일은 설거지하다 물이 들어간 고무장갑을 벗는 일과 비슷하다. 빨리 해결하려고 안간힘을 쓸수록 되려 지칠 뿐이다. 그럴 때는 그냥 호흡을 가다듬고 힘을 뺀 채로 천천히 시도하는 게 현명한 처사다.

몹시 엉켜버린 실을 풀고 있자면 나와 얽혔던 사람들의 얼굴이 하나씩 떠오른다. 인간관계라는 것이 사람과 사람을 이어주는 실의 또 다른 이름이 된다면, 인간관계가 엉킨다는 건 어쩌면 괴로운 일만은 아닐지도 모른다. 애당초 깊어질 건더기 하나 없는 관계라면 꼬일 일도 없었을 테니, 엉킨 관계는 끈끈한 사이로 가는 길에 거치는 통과 의례쯤 될까. 관계에 뒤틀림이 생기는 걸 병적으로 경계할 바에는, 엉킨 관계를 어떤 식으로 부드럽게 풀지를 고민하는 게 낫다.

유머로 가볍게 분위기를 풀고 시작할지, 신중한 대화의 장을 만들지, 이도 저도 아니라면 맞대어 놓고 섭섭한 일을 털어놓을지는 아무래도 상관없다. 방법의 선택보다 중요한 건 내가 택한 방법이 상황을 더 나쁘게 만들지는 않을까 하는 두려움을 이기는 것이다. 꼬인 관계를 푸는 일에서 절실한 건 적합한 해결 기법이 아니라 엉킨 실을 풀어볼 용기다.

이제 고양이 목에 방울을 달 사람, 용기를 내서 관계 풀기에 앞장설 사람을 정하는 일이 남았다. 손뼉도 마주쳐야 소리가 난다지만 아무래도 관계 개선에는 다소간 적극적인 쪽이 있는 게 좋다. 연장자, 선배 혹은 원인 제공자 등을 흔히 떠올릴 수 있겠지만 내게는 그 답이 '자신을 좀 더 어른이라고 여기는 사람'이다.

아쉽게도 나이가 많다고 다 지혜롭지는 않았고, 책임지기를 겁내는 직장 상사나 학교 선배는 발에 치일 정도로 흔했으며, 문제의 원인 제공자는 자신이 무슨 짓을 했는지조차 모르고 있는 경우가 태반이었다. 그보다는 세상일이 한쪽의 일방적인 책임으로는 흘러가지 않음을 아는 사람, 화해의 물꼬를 트는 일에 자기보다 더 서툰 사람이 있음을 용납하는 사람. 꼬인 관계를 풀어버리고 상황을 역전할 열쇠는 이런 사람들이 가지는 용기에 달려 있었다. 이전까지의 힘겨루기가 무색해지는 화해의 장에는 오직 어른이 된 사람과 어른이 되어가는 사람만이 서 있을 뿐이다.

곰곰이 되짚어 보면 지금껏 만난 사람들은 나보다 한 뼘이나마 더 어른인 경우가 많았다. 앞으로 만날 이들에게는 내가 좀 더 어른이어야 하지 않겠냐는 책임감이 때때로 마음을 죄어오고 부담스럽다. 그렇지만 해가 바뀔 때마다 떡국을 거르지 않고 꼬박꼬박 챙겨 먹는 나로서는 기꺼이 짐을 짊어지지 못할 이유는 없다. 관계를 구성하는 두 사람 가운데 한 명은 꼭 해야 하는 일이라면 이쪽에서 능력 닿는 데까지는 뻗어볼 요량이다. 일 인분의 삶이란 그런 것이니까.

·소슬한 가을바람에 발끝이 시려온다. 무심코 열어놓은 사색의 창문을 그만 닫는다. 새 실타래를 감싼 종이를 빼고서 실의 머리와 끝이 얼마 남지 않은 실의 꼬리를 맞잡아 묶는다. 매듭 밖으로 삐쭉 튀어나온 실을 서슴없이 가위로 잘라낸다. 실을 당겨보니 꽤 팽팽한 것이 도중에 풀릴 염려는 없어 보인다. 평온한 마음으로 다시 대바늘을 잡고 선율에 맞춰 흥얼거린다. 흉내 내는 콧노래가 제법 흥이 넘친다.

## 시선의 색깔

그 꼬마 이야기를 꺼내기 전에 일러둘 말이 하나 있다면, 나는 보통 사람들보다 시야각이 넓은 편이라고 스스로 여긴다는 점이다. 눈 화면 구석에서 물체가 움직이는 모습을 다소 세세히 잡을 수 있다는 게 그 이유다. 아마 중학생 시절 도서관에서 좋아하는 여자애 맞은편에 앉아 공부할 적에 비약적으로 발달한 게 아닐까 한다. 결눈질로 쳐다보는 것조차 머뭇거릴 정도로 부끄럼을 타던 소년은 책을 보는 와중에도 신경이란 신경은 온통 그쪽으로 쏠려 있었으니.

축복인지 저주인지 모를 능력에 얽힌 일은 더러 있다. 고등학교 야간 자율학습 시간에 몇몇 학우의 산만한 모습이 수학 공식과 뒤섞여 들어오기도 했고, 공공장소에서 때와 장소에 맞지 않는 행태들이 눈을 뜨고 있다는 이유 하나만으로 나를 괴롭히곤 했다.

지하철에서 대바늘을 잡을 때도 이 능력은 제멋대로 시동이 걸렸다. 부산의 한적한 지하철 1호선에서, 맞은편에 앉은 남자가 샛노란 실이 탯줄처럼 달린 대바늘 두 쪽을 꺼내 꼼지락거리는 모습이 아무래도 흔한 그림은 아니다. 곁눈질로 살짝 보고 신기하다며 슬며시 웃는 것까지야 넓은 시야각으로 닿을 길 없지만, 내 쪽을 보고 둘이서 수군대거나 민망하다 싶을 정도로 빤히 쳐다보는 건 고개를 떨구고 고무뜨기에 열중하고 있어도 얼추 느껴진다. 저주받은 능력이라 해야 할까. 어쨌든 고개를 치켜들고 뭘 보냐는 듯이 째릴 수도 없잖은가.

물론 빤히 쳐다본다고 해서 매번 같은 질감으로 다가올 리는 없다. 공통으로 그들의 시선에는 '신기함'이 묻어 있기는 하지만 더해지는 것이 무엇이냐에 따라 시선의 색은 사뭇 달라졌다. 이를테면 '신기함과 무덤덤함'의 시선은 연한 베이지색에 가까웠고, '신기함과 기특함'의 시선은 산뜻한 노란색에 가까웠다. 가끔 '신기함과 못마땅함'이나 '신기함과 불편함'의 시선에서 시뻘건 색이 보이기도 했다.

그 색이 무엇이 됐든 불꽃들은 하나같이 부끄럼을 많이 타는지 마주 보려고만 하면 자신의 빛을 급급히 숨기기에 바빴다. 나는 기껏해야 넓은 시야각으로 그들의 존재를 겨우 확인할 수 있을 뿐이었다.

여태껏 지하철에서 뜨개질을 할 때 시선의 불꽃을 망막에 또렷이 비춘 이는 딱 한 명이다. 엄마 아빠의 손을 한쪽씩 잡고 있던 남자아이가 그 주인공이다. 이런 광경은 처음이라는 듯(정말로 난생처음 뜨개질하는 장면을 보았을지는 알 수 없다), 눈을 크게 뜨고 나를 쳐다보는데, 그 시선의 불꽃은 '신기함과 호기심'의 보라색이었던 걸로 기억한다.

그 보랏빛 시선이 어찌나 강렬하던지 손을 계속 움직이면서도 고개를 살짝 들지 않을 수 없었다. 그는 관찰 대상이 거꾸로 자신을 관찰하고 있음에 아랑곳하지 않고, 손에서 춤추는 대바늘과 얽어 들어가는 노란 실에만 관심을 쏟았다. 보잘것없는 취미 생활의 몸짓은 한 어린아이의 머릿속에서 지워지지 않을 장면이 되었을까.

근대사회를 날카롭게 통찰한 게오르크 짐멜Georg Simmel은 도시인의 정신을 논하면서 이전 시대의 마을 공동체 사람들과 비교되는 몇 가지 특징을 꼽았다. 그는 '둔감함'과 '속내 감추기'라는 용어로 설명되는 도시인의 특성이 사람들 속에 파묻혀 살아가는 환경에서 살아남기 위해 발달한 것이라고 주장했다. 도시 안에서 사람과 사람 사이에 일어나는 엄청난 양의 상호 작용은 한 개인이 감당할 수 있는 수준을 벗어나기 때문에, 인간관계의 실패에서 오는 피로를 차단하고자 회피하는 전략을 택하는 것이라고.

아마 그때 보여준 뜨개질은, 놀라운 일 앞에서도 놀라운 표정을 드러내는 것을 조심할 만큼 '속내를 감추는 어른'이 되어버린 내가, 신기한 걸 봐도 웬만해선 아무렇지 않은 '둔감한 어른'이 되어버린 내가 아이에게 보내는 마지막 신호였을지도 모른다.

하지만 도시인의 생존 전략을 생각하면, 언젠가는 그 아이도 나처럼 시시한 어른이 되어버릴지도 모른 다는 슬픈 예감이 든다.

# 한참 전에
# 잘라야 했던 것을

이렇게 될 줄 알았다면 진작에 잘랐을 것이다.

꼬인 실은 사람을 속이는 재주가 있어, 조금만 공을 들이면 풀 수 있을 것 같다는 착각을 하게 만든다. 속아주는 셈 치고 난잡하기 짝이 없는 매듭의 옆구리를 엄지와 검지로 잡노라면 카이사르가 군대를 이끌고 건넜다는 루비콘강을 반쯤은 넘어간 셈이다.

허공에 지른 시간이 아까웠다. 여러 번의 경험으로 통계가 쌓였으니 '실이 이쯤 엉키고 꼬였으면…' 하는 따위의 견적이 나올 법도 했다. 얼마만큼 시간과 손톱을 투자해야 꼬인 실을 푸는 게 이득이 될까? 나름대로 생각해 본 계산식은 얼추 이렇다.

$$A+B < C \times D$$

들어간 시간(A)과 맞물린 손톱 끝에서 오는 저림(B)의 합이, 실을 풀었을 때 오는 쾌감(C)과 성공 확률(D)을 곱한 값보다 작으면 꼬인 실을 푸는 게 이득이다. 매듭을 둘러싼 부등식에서 다른 변수의 값은 얼추 알 것도 같은데 성공 확률만큼은 끝내 미지수다. 매번 예상을 와락 깨버릴 만큼 그 확률이 낮았다는 사실도 더는 놀랍지 않다.

시간이니 손톱이니 하는 말은 어쩌면 허울 좋은 구실이다. 그저 처지가 안쓰러웠던 걸지도 모른다. 풀리지 않을 일을 붙잡고 실낱같은 희망을 바라보며 아등바등하는 일은 사람을 처연하게 만든다. 지켜보는 사람의 마음이 그런데 당사자는 오죽할까. 끝을 보지 않았을 때 우리는 일의 성패를 알 수 없다. 세 시간째 실을 꼼지락거리는 이에게 그쯤 했으면 매듭 풀기에 실패한 거라고 가벼이 말할 수 있을까. 소파에 누워 세상을 바꿔보겠다는 사람이 끝장을 볼지 도중에 포기할지는 점치듯 단언할 수 없지만, 그가 손을 놓은 뒤에는 얼마든 말할 수 있다.

거봐, 못 할 거라 했잖아.

공들인 일을 마무리 짓지 못하고 덮을 때 마음이 좋지 않은 이유는 실패에 있다기보다 들이부은 시간이 애석함에 있다. 지나간 일은 묻어두라는 말의 목적이 아파하는 인간을 북돋우기 위한 데 있는 줄도 알고, 매몰 비용은 계산에 넣지 말라는 경제학 교수님의 말도 이해하지만 합리적인 인간의 두뇌에도 말랑한 구석은 있다. 3년이라는 공무원 시험 준비 끝에 남은 감정은 패배감도 분노도 슬픔도 아닌 '조금만 더 하면 될 것도 같다'는 미련의 조각이었으니까.

웬만큼 안 풀린다 싶으면 꼬인 실은 자르는 게 맞다. 지나간 시간이 눈에 자꾸 밟혀도 별수 없다. 자르지 않으면 안 될 만큼 엉킨 실이 있고, 끊어내지 않으면 안 될 만큼 꼬인 관계가 있으며, 떼어내지 않으면 안 될 미련 더미가 있으니까. 꼬인 실에 가위를 대야 하는 이유는 그대로 놓아두면 뜨개질을 이어갈 수 없기 때문이다. 눈 딱 감고 손보지 않는다면 실 뭉텅이는 혹이 되어 두고두고 나를 괴롭힐 터.

후회에 사로잡혀 가슴 한번 쳐보지 않은 사람이 어디 있을까. 그렇다고 자신을 계산 하나 합리적으로 못하는 멍청이라 여기지는 말자. 촛농같이 흘러내린 시간에 애착을 띄울 수 있는 존재는 오직 인간뿐이다. 과거와 미래 사이 피 말리는 딜레마에 짜부라져 한없이 움츠러드는 것 또한 우리가 한낱 컴퓨터 코드로 빚어지지 않았다는 증거가 아닐까. 지금 사무치게 후회하는 이는 실을 풀려고 노력해 본 사람이고, 관계 개선을 위해 무던히 애써본 사람이며, 일부나마 자신의 청춘을 어딘가에 바쳐본 사람이다.

필부필부匹夫匹婦. 당신과 내가 그랬듯.

세상의 방향성은
바꿀 수 없다 해도

조만간 무인 편의점을 쉽게 볼 수 있다 했던가. 자판기
처럼 버튼을 누르면 물건을 뱉어내는 걸 말하는 줄 알
았는데 그게 아니었다. 매장에 QR 코드를 찍고 들어
가서 이것저것 집은 다음 그냥 나오기만 하면 된다고.
일간지 경제란 한쪽의 기사를 마저 읽은 나는 어째서
인지 두 명의 얼굴이 떠올랐다. 하나는 내가 잠깐 몸담
았던 편의점의 사장님이다. 물건 좀 팔아도 뭐 빼고 뭐
빼면 남는 거 하나 없다고 하던, 그래서 인건비 나가는
게 세상에서 제일 아깝다고 하던 사람의 입. 뒤따르는

얼굴은 그곳에서 내가 하던 일을 뒤이어 맡은 어느 순박한 청년의 것이다. 마땅한 기술도, 경력도 없어서 이런 자리라도 있는 게 어디냐고 하던 사람의 눈.

내부 구조도 가물거리는 기억 속 편의점에서 조간 신문이 펴지는 모습을 상상해 봤다. 귀에 걸리듯 찢어지는 입술과 당혹스럽게 찌푸려지는 눈을 한데 뭉쳐 보니 퍽 기괴한 면상이다.

"편하긴 하겠네. 굳이 직원 앞에 들고 가서 계산 안 해도 되고."

나의 기사 브리핑에 헤어드라이어를 서랍에 도로 넣으며 입을 뗀 엄마는 이내 핸드백을 챙겨 들었다.

"근데 그게 사람 사는 맛이 날는지는 모르겠다."

서슴없이 가스 밸브를 잠근 후 엄마는 덧붙였다.

엔트로피, 그러니까 계의 무질서도가 점차 증가하는 게 물리법칙이 지배하는 과학 세계의 방향이라면, 인간 세계는 편함에 뒤따르는 인간성의 상실을 향하고 있는 걸지도 모른다. 우리는 1970년대까지 도심을 채웠던 판잣집과 골목골목을 지워내고 세련된 대단지 아파트에서 주거의 안락함을, 1968년까지 서울과 부산을 누비던 노면 전차를 떼어내고 지하철과 자동차에서 이동의 편리함을, 허름한 구멍가게를 밀어내고 대형 마트와 인터넷에서 구매의 간편함을 획득했다. 그러는 동안 인간적이라느니 정답다느니 하는 말은 쇼윈도 너머의 전시물로 전락했다. 되살려서 다시 느끼고자 한들 흉내 내기가 고작일 테다.

편리함은 풍요로움을 양분 삼아 자랐다. 자본이 축적되고, 기술이 개발되면서 해가 지날수록 넉넉해진 삶은 양쪽에 분업과 기계화라는 멋진 날개를 달고 날아올랐다. 하늘을 날 수 있게 된 이카로스는 지금껏 자신이 알던 세상이 생각보다 작았음을 깨달았다. 번영이란 것은 끝없이 이어질 듯 보였다. 층층이 겹친 구름이 그의 발밑으로 깔렸다. 이제 그는 지상의 일이 자신과 별 상관이 없게 되었다고 생각했다. 인간 소외와 노동 소외는 날개의 밀랍이 녹기 전부터 구름 밑에서 퍼지고 있었다. 추락은 예견된 일이었다.

급전이 필요해 아파트 공사장에서 맨몸으로 자재를 날랐던 적이 있다. 등에 땀이 흥건할 때까지 힘을 썼는데도 쌓인 자재는 동이 날 기미가 보이지 않았다. 군

복무 이후로 정말 오랜만에 욕지거리를 혀끝에 달고 다니던 날들이었다. 입 주위를 잠깐 맴돌다 이내 사라지는 욕마저도 실컷 하지 않으면 몸이 망가지기 전에 정신이 망가져 버릴 것만 같았다. 잡념을 비우고 반복 학습에 특화된 무의식에 영혼의 주도권을 맡기려던 그때, 기억은 중학교 수학 참고서에 나와 있던 짧은 이야기 하나를 끄집어 냈다.

거대한 성당을 짓는 데 쓰일 돌을 깎고 있는 세 명의 노동자에게 누군가 물었다. 당신은 지금 무슨 일을 하고 있느냐고. 돌 깎고 있는 거 안 보이냐는 게 첫 번째 대답, 시간당 8유로의 노동을 하고 있다는 게 두 번째 대답이었다. 마지막 사람은 이렇게 답했다.

"세상에서 가장 아름다운 성당을 내 손으로 짓고 있습니다."

이야기의 교훈이 스쳤다 한들 달라지는 건 없었다. 파이프와 합성 목재 데크 뭉치를 나르던 내게 천 가구가 넘는 아파트 단지를 내 손으로 지으면서 부산의 신도시 개발에 일조하고 있다는 숭고한 생각은 도저히 할 수 없는 것이었다. 거대한 시스템 속의 일개 톱니바

퀴 따위가 보람이나 성취감 같은 고결한 감정을 느끼기에는 일단 눈앞의 건물이 너무 컸다. 그 편리함의 종합 선물 상자의 끝을 보려면 안전모가 벗겨질 정도로 고개를 젖혀야 했다.

편리함 그리고 풍요로움. 이 땅에서 자라나는 아이들이 부디 이 나라를 자랑스러워했으면 한다. 그리고 부디 마음을 다해 슬퍼했으면 한다. 지나간 흔적을 빠르게 지운 이 나라 사람들은 다시 옛 시절로 돌아갈 수 없다. 마음 안에, 역사 속에, 추억 밑에서 사진첩을 들춰보듯 떠올리는 게 고작이다. 우리는 돌이킬 수 없는, 어쩌면 그토록 원해 마지않았던 급류에 몸을 맡긴 채 흘러가고 있다. 연어처럼 물길을 다시 거슬러 올라가는 행위는 우리에게 허락되지 않은 저항일 것이다.

현대적이고 도시적인 경험으로 틈틈이 무장한 정신은 과거와의 포옹을 거부할 것이다. 우리가 이따금 떠올리는 때 묻지 않은 순수는 어느새 추억이 꾸며내는 환상이 되었다. 편리함과 풍요로움은 우리를 매 순간 다른 종으로 진화시킨다.

인간성이 희미해지는 방향. 역사 발전의 흐름이 그

쪽일지라도 속도를 조정할 힘 정도는 그 종에게도 남

아 있지 않을까. 불행 중 다행으로.

## 아무것도 아니라는
## 말의 무게

"'아무것도 아니다. 아무것도 아니다.' 그 말을 나한테 해주는 사람이 없어…."

드라마 〈나의 아저씨〉에서 주인공인 박동훈의 대사다. 극 중 우는소리 한번 크게 내지 않고 화조차 마음 껏 터뜨리지 못했던 마흔다섯 아저씨는, 울분의 한숨을 남몰래 묻어두다 종국에 이런 말을 한다.

슬픔으로 다른 슬픔을 덮어주는 드라마를 보며 아저씨가 된 내 모습을 상상했고, 나와 비슷한 성격의 작중 인물이 겪는 수모를 겹쳐보다가 끝내 이들은 행복했을까 하는 질문으로 매듭을 묶곤 했다.

인생은 가까이서 보면 비극, 멀리서 보면 희극이라 했으니 결국은 다 해피엔딩이겠거니 싶으면서도 인생은 그저 살아내는 것, 주식 차트의 매수점과 매도점을 이은 직선의 기울기가 아닌, 그사이 수없이 오르락내리락하는 봉우리의 가파름을 견디는 일이라는 것을 안다.

아무것도 아니라는 말은 내게 있어 일종의 완충재, 말하자면 자전거 안장에 달린 스프링쯤 되었다. 걱정과 불안, 두려움의 파도를 단번에 잠재우는 만파식적의 존재를 알고 나서는 한동안 '괜찮아', '아무것도 아니야' 하는 말들을 달고 살았다.

이른바 부작용 없는 만병통치약 하지만 세상에 그런 게 있을 리 없다. 마법의 주문을 남발하다 얻은 역효과는 관성의 법칙, 즉 입에 붙은 말이 상황을 가리지 않고 튀어나온다는 것이다. 슬픔의 봉우리를 깎고자 고용한 불도저 운전사는 알고 보니 번거로운 일을 끔찍이도 싫어하는 인간이었다. 슬픈 일과 기쁜 일을 하나하나 가려내는 대신, 그는 죄다 밀어버리는 길을 택

했다.

슬픈 일에 아무것도 아니라는 말을 자판기처럼 내놓던 입은 칭찬이나 찬사받을 일에도 같은 말을 내놓는 지경에 이르렀다. 겸손이라는 번듯한 명분 하나로 그 밑을 견고히 떠받치며.

말은 인간의 사고를 거쳐서 나온 산물임에도 거꾸로 사고방식을 통제하는 힘이 있다. 아무것도 아니라는 말을 누차 뱉을수록 생활의 조각 하나하나가 별것 아닌 듯한 무게로 느껴졌다. 삶의 의미라는 것이 공기와 접한 물 분자가 증발해 날아가 버리는 것처럼 공중분해되는 듯했다. 슬픔의 강도를 속이기 위해 만든 꾐에 제가 넘어가 도리어 속고 있는 형편이었다.

한번 줄어든 의미의 무게는 세탁기에 돌려버린 양털 코트처럼 복구되지 못했는데, 아무것도 아니라는 말을 여태껏 떨쳐내지 못한 게 현실이다. 다만, 한없이 가벼운 의미의 무게일지언정 예전과 같지는 않다. 헬륨만큼 가볍다면 풍선에 넣어 아이 손에 쥐어주면 그만이고, 휘발유만큼 가볍다면 재빨리 내연기관에 넣어 불을 붙이면 될 노릇이다.

정말 아무것도 아닌 일에도 나름의 쓸모나 가치는 끄집어 내면 얼마든 있다. 그 가치나 쓸모는 스스로 정하는 게 좋다지만 다른 사람이 알아주는 것 역시 가슴 벅차오르는 일이다. 뜨개 목도리나 장신구를 만들어 소소한 선물을 하거나, 파이를 구워 상자에 담아 건네면 사람들은 내게 퍽 고맙다고 한다.

글쎄, 되려 이쪽에서 할 말이다. 대바늘을 잡고, O링을 끼우며, 글을 쓰고 반죽을 하는 동안 나에게도 고마운 사람이 늘었으니.

또라이 덕택이라 하기는
뭣하지만

생각해 보면 내가 나온 군부대인 울산 공군 포대에는
유별나게 또라이가 많았다. 어쩜, 자랑스러운 대한민
국 선진병영에서는 달리 유별난 축에 속하지도 못하
는데 말이다.

사람에게 데었던 자리는 딱지가 잘 앉지 않는다. 얼
마 전까지도 꿈에 나타나 나를 괴롭혔던 인간은 도깨
비 같은 인상을 지닌 선임 병사였는데 성질머리가 이
세상 사람의 것이 아니었다. 그의 괴팍한 만행을 풀어
보라면 하룻밤을 꼬박 주어도 모자랄 테지만, 물건을

던지는 습관만큼은 언젠가 꼭 밝히고 싶었다.

남들은 가볍게 웃어넘길 만한 일에도 얼굴이 새빨개졌던 그는 매번 입에 욕지거리를 달고 책상에 물건을 쾅! 하고 던지는 사람이었다. 내 얼굴에 던지지 않는 게 어디냐고 위안 삼으면서도 큰 소리에 예민하게 반응하는 심장은 그럴 때면 어찌할 바를 몰랐다. 하필 내 직책은 헌병, 그러니까 두 명이 한 조가 되어 근무를 나가는 게 일상이었으니, 그와 단둘이 일을 하는 날이면 엄마가 힘내라며 챙겨준 영양제를 하나 더 꺼내 먹어야 했다.

편하게 있으라는 말 한마디조차 짜증 섞인 투로 내뱉는 도깨비 옆에서 찰나의 시간도 공유하고 싶지 않았던 나는 그와 함께일 때면 굳이 고된 일을 나서서 했다. 뙤약볕 아래에서 예초기를 돌리는 일은 도깨비와 눈을 맞추고 마음에도 없는 웃음을 짓는 일보다는 한층 수월했다. 이른바 회피 전략이었다. 문제를 해결하려 들지 않고 왜 외면하느냐고 묻는 동기의 말에는 성격이 원체 그러하다는 대답밖에 할 수 없었다. 정작 힘들게 하는 사람 앞에서는 찍소리 하나 못 내고 방구석에서 스스로를 질책하는 유형이었다.

지금에 와서는 나름의 사정이 있었을지도 모를 사람에게 마음을 너무 닫았던 걸까 하고 돌아보지만, 군복 입었을 당시에는 같이 지내는 사람들에게 여러모로 힘을 많이 뺏겨 방전된 상태였다. 이해와 공감이라는 것도 에너지가 남아 있을 때나 할 수 있는 일이 아니던가.

부대에서 또라이라 불리던 사람을 더 꼽아보자면 주임 원사직을 맡았던 간부가 있다. 인상 좋은 아저씨의 모습에다가 말투도 상냥하기 그지없었으니 앞에 언급한 도깨비 선임과는 정반대라 할 수 있겠다. 내게는 꽤 좋은 기억으로 남아 있는 그가 전우들에게 또라이로 통했던 까닭은 화를 낼 때 사람이 180도 바뀌는 게 컸다. 다만 화를 낼 때와 내지 않아야 할 때를 상식선에서 구분할 줄 아는 사람이었으니 그를 싫어할 마땅한 명분을 나는 끝내 찾지 못했다.

그가 기억 속 한구석에 자리를 차지한 이유는 다른데 있었다. 앞서 말한 선임뿐 아니라 살면서 다시는 맞부닥뜨릴 일이 있을까 싶은 사람들과 종일 부대끼다

보니, 군대에서는 하루가 다르게 피가 마른다는 느낌을 받아야 했다.

'나를 가장 괴롭게 하기로는 일보다는 사람.'

그때쯤 군대가 마음 깊은 곳에 문신처럼 새겨준 깨달음이었다. 가만히 놔두다간 무언가 큰일이 벌어질 것만 같았다. 특단의 대책이 필요했다. 의식하지는 않았지만 많고 많은 것 중에 굳이 대바늘을 잡은 것도 그런 특수한 환경이 한몫했을 터였다. 일시적으로라도 스트레스를 해소하기 좋은 컴퓨터 게임이나 술 따위의 흔해 빠진 것조차도 군대라는 장소에서는 적절한 선택지가 못 되었다.

주문하고 꼬박 열흘이 지나서 도착한 실과 바늘은 마치 기인인 듯 별스러운 대접을 받았다 본인의 군 생활 십 년 동안 부대로 털실을 배송하는 병사는 네가 처음이라는 어느 간부의 말이나, 관심을 못 받아서 안달이 났냐는 어느 선임의 말에 차츰 익숙해져야 했다. 쑥스러운 듯한 웃음 한 방과 헤헤거리는 실없는 목소리에 귀찮은 족속들은 이내 흥미를 잃고 떨어져 나갔다. 나는 근무와 근무 사이의 빈 시간, 혹은 교대 근무자에게 몇 없을 쉬는 날이면 생활관 침대에 모로 누워 대바늘을 꼼지락거렸다. 세상 모든 근심을 두께 4.5밀리미터 실 사이에 죄다 얽어두겠다는 마음으로 경건하게.

'난 할 수 있다….' '다 잘 풀릴 거다….'

저녁마다 남몰래 치르던 의식은 결국 들통이 났는데, 앞서 또라이라 칭했던 주임 원사에게다. 정기적으로 돌아왔던 상담 시간에 주임 원사실에서 마주한 우리는 믹스 커피를 앞에 두고 앉았다. 요즘 힘든 일 없냐는 뻔한 물음에 친절한 선임들 덕에 잘 지내고 있다는 그럴듯한 답으로 받아친 병사는 커피를 후후 불어 식히는 일에만 집중했다.

학생 때도 그랬지만 상담실이라는 공간은 왠지 사람을 솔직하지 못하게 만드는 기운이 배어 있었다. 도와주겠답시고 앞에 앉아 있는 인간이 과연 말 못 할 고충을 해결해 줄 수 있을까 하는 의구심에다가 속내를 털어놓지 않아도 지금 내가 무슨 고민을 하는지 알아맞혀 보라는 고약한 심보가 더해졌다. 내용을 알려주지도 않고 무턱대고 다니엘에게 자기 꿈을 해석해 보라는 느부갓네살 왕이 이런 심정이었을까.

그때쯤 이미 부대에는 뜨개질을 열심히 하는 병사가 있다는 소문이 무성한 듯했다. 주임 원사는 다른 이들이 그랬던 것처럼 군대에서 목도리를 뜨고 있냐며 놀라움을 감추지 않았다. 대충 대단하다는 말이 이어질 걸 짐작하고는 닳아빠지게 사용한 웃음을 꺼낼 준비를 했다. 타이밍만 잘 맞추면 식은 커피를 한입에 털어 넣고 여기서 나갈 수 있겠다 싶었다. 돌아가면 밀린 빨래를 해치우려는 계획과 함께.

그까지는 다 예상한 일이었다. 이어지는 그 사람의 말이 뒤통수를 세게 갈길 줄은 정말 꿈에도 몰랐다.

"요새 힘든 일이 많나 봐? 원래 마음에 번민이 많은 사람이 그런 식으로 수행하면서 머릿속을 정리하곤 하잖아."

한참 지난 후에야 전지적 작가 시점에서 줄줄 토해내는 거지만, 마음을 괴롭게 하는 것들을 덮어두려고 뜨개질을 시작했다는 사실을 당시에는 솔직하게 인정하기가 껄끄러웠다. 타인의 말을 통해 무의식을 들여다본 그날의 경험은 일상을 비집고 이따금 삐져나왔다. 실로 자릿한 전기 자극 같은 충격이었다.

꼭 맞아떨어지지는 않지만, 그 일이 있고 난 뒤 대바늘을 잡을 때면 의식해서라도 심호흡하는 습관을 들였다. 목표치는 정했는데 시간에 쫓기며 바늘을 돌릴 때, 혹은 뜨개질하다 지하철에서 내릴 역이 얼마 남지 않았을 때는 나도 모르게 조급해지곤 했다. 그럴 때는 심호흡을 한 차례 크게 한 다음 군대에서 신경 쓰이는 사람들을 실 사이에 얽었던 기억을 짚었다. 폐 깊은 곳에서 근심 한 점까지 끌어올려 뱉어내고 마음을 헤집고 다니는 것들을 하나씩, 하나씩 손가락을 따라 바늘코 사이사이에 얽었다.

'할 수 있다… 다 잘 풀릴 거다….'

요동치던 머릿속 파도가 차츰 잔잔해졌다. 애당초 마음을 다스리려고 시작한 일이니 여기에 휘둘릴 필요는 전혀 없었다.

얼추 뜨개질로 머릿속을 정리하는 요령을 알게 됐으니 주임 원사에게도 자못 고마운 마음이다. 그저 하나 더 원하기로는, 뜨개질이라는 매개체를 통해 이전보다 조금은 더 솔직한 사람이 되었으면 하고 바랄 뿐.

어느덧 주머니에
외로움 하나쯤은

일전에 공무원 수험생 노릇을 할 때는 말로만 듣던 하루 순공(쉬는 시간을 제외한 순수 공부 시간) 열 시간을 맞추려고 노력했었다. 시간 채우기를 성공한 날보다는 실패한 날이 많았지만, 독서실 구석 자리에서 엉덩이에 땀띠가 날 정도로 앉아 있던 열정이 내게 있었다니 놀라울 따름이다.

눈알 빠지게 공부를 할 때면 헛것이 보이기는커녕 보여야 할 것이 잘 보이지 않았다. 같은 단어를 하루에 수십 번씩 반복해서 보고 있노라면 글자가 솜사탕이

물에 녹듯 풀어지면서 뜻이 낯설게 느껴졌다. 음운의 조합이 의미 뭉치가 아닌 선과 여백으로만 느껴지기 시작할 때면, 슬슬 나가서 자판기 커피라도 한잔하고 오자는 신호가 오갔다. '게슈탈트 붕괴 현상'이니 '의미 포화 현상'이니, 정식 용어와는 관계없이 그저 부르고 싶은 대로 부르면 그만인 나날이었다.

봄기운을 몇 차례 넘겼다. 집을 나와 홀로 밥 지어 먹고 사는 지금, 혼자 살면 비로소 자유의 참맛을 만끽할까 싶었는데 외려 헛바닥을 찌르는 건 고독의 쓴맛이다. 인생의 간을 맞추는 일은 달걀 토마토 볶음의 간 맞추기와는 비교가 안 됨을 속속들이 체감하는 중이다.

나는 낙타와 같은 사람이라서, 한번 사람들을 만나면 진득하게 부대낄 수 있고 만나지 않을 때는 또 지독하게 견딜 수 있다. 태생이 집돌이라 집 안에서 즐길 만한 게 많기 때문이다. 여하튼 사람 때문에 외롭다고 느낀 적이 살면서 많지 않았는데 이상하게 혼자 살기 시작하고는 곧잘 헛헛해졌다. 고삐 풀린 망아지처럼 뛰어다니며 사람들을 만나는 횟수가 적잖았음에도 그랬다. 인간관계에도 의미 포화 현상이 있었던가. 옆에 꼭 끼고 살고 싶은 친구들을 보는 날도 좀처럼 예전 같지가 않았다. 그들과 나를 잇는 관계의 선들이 풀어지면서 녹아내리는 느낌이었다. 오래전부터 옆에 있었다고, 이제야 알아보냐는 듯한 몸짓을 하며 고독은 드문드문 불쑥거렸다.

공교로운 점은 외로움뿐 아니라 다른 감정에도 전보다 민감해졌다는 것이다. 외력에 쉽게 흔들리지 않는 대쪽 같은 사람이라 자부하고 살았던 나다. 어떤 환경에 던져져도 묵직하게 버텨내는 걸 강함이라 믿던 때였다. 그런 믿음이 날 한층 더 강하게 만들었을지는 몰라도 삶을 대하는 방식으로서 건강한 방법이었는지는 모르겠다.

감정을 진솔하게 드러내는 걸 더는 마음이 나약해졌기 때문이라 생각하지 않는다. 나는 그저 감각이 잘 벼려진 사람, 기쁜 일에 선홍빛 잇몸을, 슬픈 일에 끈적한 눈물을 내어줄 수 있는 사람이 된 것이다. 웬만해선 집에 혼자 있을 일 없던 6인 가족의 막내로 살 때는 결코 갖지 못했던 능력이다.

홀로 딛는 공간과 홀로 맞는 시간은 세월이라는 이름으로 사람을 익어가게 한다. 지독한 고독에 던져졌을 때 역설적으로 내면세계로 통하는 문이 열리는 것이다. 거기에는 세상이 규정한 정답지를 향해 외곬으로 뚫린 길은 없다. 알맞게 익은 김치처럼, 미처 몰랐던 자기 본래의 맛을 찾아가는 길만이 있을 뿐이다.

내가 좋아하는 백석, 그가 사랑했던 시인 라이너 마리아 릴케는 《젊은 시인에게 보내는 편지》에서 이렇게 말했다.

"친애하는 카푸스 씨, 당신의 고독을 사랑하고 거기에서 나오는 고통을 아름답게 울리는 탄식으로 견뎌내십시오. 당신과 가까운 존재가 멀게만 느껴진다고 했는데, 이는 당신의 주변이 점차 넓어진다는 뜻입니다. 당신과 가까운 존재가 멀리 느껴진다는 말은 당신 주변이 이미 별 아래에 이를 정도로 광대해졌다는 의미입니다. 그러니 누구도 따라가지 못할 자신의 성장을 기뻐하십시오…."

국어사전에 '자취하다'를 검색하면 두 가지 뜻이 나온다. 흔히 쓰는 '자취自炊하다'는 손수 밥을 지어 먹으면서 생활한다는 뜻이고, '자취自取하다'는 잘하든 못하든 자기 스스로 그렇게 되게 만든다는 뜻이다. 내면의 세계가 넓어짐에 따른 무한한 고독. 이를 낯설게 여기지 않는 경지야말로 비로소 자취自炊하는 사람, 아니, 자취自取하는 사람이 아닐까. 내면의 문을 두드리는 성장이란 녀석이 고독을 끼고 왔다면 주인 입장에서 그 동행까지 꼭 끌어안음이 마땅하다. 그렇다면 오늘 밤 엄습할 고독은 지워야 할 흉터가 아니라 기꺼이 맞이할 성장통이다. 성장의 방향이 좋은 쪽이든 나쁜 쪽이든 그 또한 내가 지고 가야 할 짐이다.

혼자 살면 외로움을 극복하는 법을 배울 줄 알았는데 외로움과 함께 사는 법을 배우게 될 줄 누가 알았겠나. 어느넛 주머니에 외로움 히니쯤 넣고 다녀도 아무렇지 않은 사람이 되었다. 드넓은 마음속에 관계를 하나둘 담아 채우는 일도 퍽 의미가 있겠지만 가끔씩은 비어 있음을 즐기는 일도, 그 속에서 오롯이 성장하는 내 모습을 지켜보는 일도 나쁘지는 않다.

## 손재주와 손글씨는
## 다른 결을 가진다

"지렁이도 그렇게는 안 기어가겠다."

엄마는 밥솥에 쌀을 안치다 말고선 나를 향해 쏘아붙였다.

한번은 손글씨 잘 쓰는 게 뭐 그리 대수냐는 친구의 투덜거림을 들은 적이 있다. 그의 말을 빌리자면 요즘 같은 디지털 시대에 손글씨 쓰기는 그저 고상한 척하기 좋은 취미, 또 실용성이라곤 찾아볼 수 없는 구시대의 유물 같은 거였다. 카페 구석 소파에 앉아 고개를 끄덕이던 나는 얼음이 반쯤 녹아 묽어진 커피를 단번에 빨아 마셨다. 콰르르륵. 커피는 얼마 남지 않은 얼음을 긁고 올라가며 용트림을 해댔다.

그는 어쩌면 초등학교 저학년 교실에 앉아 받아쓰기하던 시절까지는 글씨가 양호했을지 모르지만, 나는 살면서 글씨체가 좋다든지 예쁘다든지 하는 소리를 단연코 들어본 적이 없다. 부모님께 70점짜리 받아쓰기 시험지도 겨우 내밀었던 아이가, 'ㅂ'을 쓸 때 왼쪽의 세로 선을 하나 긋고 나머지를 한 번에 적을지, 혹은 네 번으로 나누어 정직하게 찍어 내릴지를 고민했을 리는 만무했다.

심각한 악필인 아들내미의 글씨체를 고쳐주려는 시도가 집에서도 없지는 않았는데, 그때마다 엄마를 번번이 좌절시킨 건 막냇자식의 똥고집이었다.

"내 글씨를 내가 알아볼 수 있음 됐죠."

이런 말을 귀에 딱지가 앉도록 듣는 것도 더는 못 할 짓이라 여기셨을지 모르겠다.

막내의 궁색한 변명이나마 들어보자면, 이제껏 이런 악필을 지니고 살았지만 크게 부끄러웠거나 난처했던 적이 많지는 않다는 것이다. 굳이 꼽아보자면 중학교 때 노트 필기를 보여달라던 친구가 치사함을 강조하며 혼자 성적 잘 나오려고 일부러 못 알아보게 적냐고 투덜대던 일이나, 대학에서 시험 답안을 장문으로 작성할 때 유독 내 것만 교수님이 못 알아보시면 어쩌나 하며 전전긍긍한 것 정도겠다. 그럴 때면 내 폭넓은 취미 경력을 알고 있는 친구들은 손재주와 손글씨가 같은 손에서 나온 말인데도 어찌 그리 정반대로 놀 수 있는지를 궁금해했다.

마름모꼴 글자 칸에 기대어 졸던 손가락 근육은 예상치 못한 시점에 깨어나야 했는데, 바로 첫 에세이집을 냈을 때다. 크라우드 펀딩을 통해 초기 출판 비용을 모은 나로서는 고마운 후원자님들에게 뭐라도 하나 더 해주고 싶은 마음이 가득했다. 고심 끝에 그들에게 친필 사인본을 전하기로 결정했다.

친필 사인이라니. 마트에서 오만 원이 넘어가는 장을 볼 때 몇 번 손가락 움직여 본 게 고작이었다. 이대로는 안 되겠다 싶어 그날부로 맹연습에 돌입하고 몇 밤 지새우며 갈고닦고 나니 사인은 어느 정도 만족스러운 모양새를 갖추었다. 그런데 어째 허한 느낌이 사

102

못 드는 것이, 마음에 흡족하지 않은 부분이 있었다. 책 표지를 넘기자 드러나는 공허한 여백이, 여기 몇 자라도 적어보는 게 어떻겠냐고 넌지시 속삭이고 있었다.

금방 발등에 불이 떨어졌다. 언젠가 손글씨 책이라도 하나 사서 연습해 보라는 엄마의 조언에 알량한 자존심 한 조각을 내세웠던 게 그날만큼 한심해 보였던 적이 없다.

"나중에 네가 공무원이라도 되면 민원 넣으러 온 사람한테 메모지에 몇 자 적어줄 일 있을 텐데…. 글씨 못 쓰는 사람은 영 멋없어 보이더라."

먼저 세상살이하면서 당신이 품은 지혜는 과연 묵직했다. 늦었다고 어찌 가만히 앉아만 있을까. 노트북을 열고 부랴부랴 '손글씨 잘 쓰는 법'을 검색했다. 시간에 쫓기듯 인터넷을 뒤적거리다 겨우 건진 조언은 세 가지가 전부였다.

· 글자의 아랫선보다 윗선을 잘 맞출 것.

· 팔을 안쪽으로 15도 정도 기울일 것.

· 연필 잡은 손에 힘을 과하게 주지 말 것.

하나하나 따라 읽으며 내려가던 눈이 문단 끝에서 번뜩였다. 평소 연필을 잡을 때 손에 힘을 꽉 주고 눌러쓰는 경향이 있었다는 걸 알아차림도 있지만, 오래전 무에타이 체육관 다닐 적 기억이 되살아난 게 또 다른 자극이었다.

잽과 원투만 평생 답습할 줄 알았던 햇병아리에게도 발차기를 배우는 날이 있었다. 넘치는 의욕과 달리 어설픈 회전만 반복하던 나를 보고, 사부님은 축이 되는 발에 힘을 좀 빼보라 했다. 그 조언을 듣고서 발차기를 아주 멋있게⋯ 익히기 전에 체육관은 그만둬 버렸지만, 힘을 좀 빼보라는 말은 대학 면접 이후로 오랜만에 들어본 것이기에 괜스레 살가운 울림이 있었다. 어쩐지 반갑고도 옹골찬 울림이었다.

지나간 시간을 달콤한 디저트에 비유할 수 있다면 내 인생은 오븐에 금방 넣은 호두파이쯤 될까. 그 속은 쓸데없이 힘이 많이 들어간 재료들로 차 있다. 스크래퍼로 힘껏 쪼갠 버터, 뻑뻑한 질감 때문에 팔 힘 가득 실어 편 반죽, 손가락 끝으로 힘주어 부순 호두 조각이 눈에 띈다. 그러다 놓친 재료들은 바닐라 에센스, 설탕, 소금, 기회, 여유, 사랑 그리고 그 밖의 하찮은 것들. 긴장해서 힘 들어간 어깨로는 소소하고 소중한 걸 챙기기가 적잖이 버거웠다.

그렇지만 힘들고 고되게 살게끔 만든 환경, 거기에 정신없이 휩쓸린 나 자신을 원망하고 싶지는 않다. 그 모양과 맛이 어떻든 반죽과 호두와 필링 모두가 오롯이 내 인생이다. 마찬가지로 여유롭게 오븐 앞에서 호두파이가 구워지기를 기다리는 시간 또한 오로지 나의 몫이 아닌가. 여유와 피땀을 한 층씩 겹치게 쌓은 파이를 훗날 꺼내어 한입 크게 베어 물면 제법 바삭한 소리가 날 것이다.

잉크 펜을 쥔 손가락 끝에 천천히 힘을 뺐다. 손에 기낸 펜은 표면이 살짝 녹은 빙판에 오른 피겨 스케이팅 선수처럼 유려히 미끄러졌다. 국가대표급 트리플 러츠는 못 되어도 받는 사람이 글쓴이의 정성을 충분히 느낄 수 있도록.

아빠가 유달리 스펀지 케이크를
좋아했던 이유

2015년 첫날. 캐럴이 거리에 울려 퍼지던 성탄절로부
터 일주일이 더 지난 날. 96년 쥐띠들이 법적으로 '애
딱지'를 떼어내는 날은 주민등록증에 봉인된 자유가
깨어나는 날이었다. 하지만 내 지갑에는 자유가 없었
다. 지갑에는 만 원짜리 지폐 몇 장, 선불 충전식 교통
카드, 누차 구겨지고 펴지다 끝내 쪼글쪼글해진 수능
수험표가 있었다. 거기 들어 있지 않은 건 성인이 된
기념으로 술이나 담배를 맘껏 구매하겠다는 일련의
소망이었다. '청불' 영화를 대형 스크린으로 당당히 보

106

는 일도 큰 흥밋거리는 못 되었다.

　나는 우리 집 장롱 안 건강보험증에서 베껴 적은 부모님의 주민등록번호를 머릿속에서 지우는 것으로 성인식을 대신했다. 당시 미성년자가 폭력성 있는 게임을 하려면 법정대리인의 동의가 필요했는데, 그렇게 동의를 거쳐도 '성인 버전'과 '학생 버전'이 다를 때가 있었다. 게임 속에서마저 애 취급받고 싶지 않았던 나는 부모님의 사랑을 마음속에 품은 채 법정대리인을 자처했다. 몇 자리 주민등록번호만 외우면 엄마 아빠를 대신해서 저 자신의 법정대리인 흉내를 내는 것이 그다지 어려운 일은 아니었다.

　사람의 뇌는 한 번에 일곱 자리가 넘어서는 숫자를 쉽게 못 외운다는, 그래서 여덟 자리 전화번호를 기억하기가 어렵다는 연구 결과를 어디선가 본 적이 있다. 잘은 모르지만 그들이 게임을 좋아하는 대한민국 청소년들을 연구 대상에 넣지 못했던 게 아닐까. 어쨌든 중학교 3학년 때 배운 근의 공식은 금방 까먹을지언정 긴 숫자의 주민등록번호 조합만큼은 어떻게든 기억하고 있던 내 머리 속의 해마는 은근히 쓸모가 있었다.

가족들 생일 날짜를 떠올릴 때만큼은 달력에서 빨간색 동그라미를 찾는 수고를 덜었던 것이다.

음력으로 쇠어서 매년 생신 날짜가 바뀌는 엄마와 달리 아빠의 생일은 정해진 날짜에 딱 맞춰 돌아왔다. 아빠의 생일 케이크는 집에서 신호등을 한 번 건너서 있는 조그만 제과점에서 파는 스펀지 케이크였다. 별다른 말이 없으면 매양 그랬다. 어린 나는 그 밍밍하고 텁텁한 빵 덩어리를 아빠가 왜 그리 좋아하는지 이해할 수 없었다. 솔직히는, 이해하고 싶지 않았다. 우리 집에서는 생일날이 아니면 좀처럼 보기 힘든 케이크를 달콤한 생크림 하나 없이 먹어야 하는 것에 심술이 났던 걸 테다.

머리가 조금 커지고 나서는, 아빠가 스펀지 케이크를 유독 좋아하시는 게 비교적 저렴한 가격으로 인해 가계 경제에 부담을 주지 않으려는 것인가 하는 답안을 내놓았다. 아쉽게도 정답은 아니었다. 아빠는 그저 스펀지 케이크 특유의 담백한 빵 맛을 그대로 즐기는 사나이셨다. 그러고 보면 평소에도 빵 본연의 맛이 좋지 않다면 웬만해선 손을 대지 않으셨다. 진득한 크림

또는 토핑이 듬뿍 올려진 빵들은 언제나 누나나 형, 그리고 군것질을 좋아하는 내 몫이었다.

"언제나 기본이 중요한 법이지. 자기가 기본으로 맡은 일, 그거 하나 잘하는 사람이면 어딜 가서 뭘 하든 잘해낼 수 있어."

지겨울 정도로 자식들에게 하신 말씀은 곧고 우직하게 살아온 당신의 인생이 증명하고 있었다. 어린 나는 아빠를 향한 존경심에서라도 말씀에 순종하는 아들이 되고 싶었다. 집에서는 기본으로 지켜야 할 것들, 학생이라면 기본으로 해야 할 공부, 일할 때는 기본으로 능통해야 할 업무 등등.

지금에야 돌아보는 거지만, 어지간히 재미없는 인간을 내리 빚어오고 있었던 것 같다. 몸과 마음에 기본을 지킬 줄 아는 모범생을 구축構築한 시기가 교복을 입었을 때라면, 기본밖에 모르는 빡빡한 헛똑똑이를 구축驅逐한 시기는 군복을 입었을 때다. 열 평 남짓한 병영 도서관에서 처음 집은 책 표지에는 "잡담이 능력이다"라는 문장이 쓰여 있었다. 제목부터 흥미를 유발하는 책의 마지막 장을 덮고 나니, 덜 생산적이고 기본적이지 못한 것들을 그제야 달리 바라볼 수 있었다.

인생은 다분히 양면적이라 어느 때나 일상 한편에는 굵직하고 중요한 일이 있었고, 다른 한편에는 쓸데없고 사소한 일이 있었다. 기본이라는 엔진은 굵직하고 중요한 일을 힘껏 수행할 수 있게 해주는 기관이었다. 어릴 적 아빠의 말은 틀리지 않았다. 거기에 순종한 나도 헛짓거리를 한 게 아니었다.

다만 책을 통해서 배운 건 잡담이 그 본디 말뜻처럼 쓸데없는 녀석이면서도 일상을 부드러이 작동하게 해주는 윤활유이기도 하다는 것. 우리는 그런 쓸모없는 녀석을 중간중간 칠해야지만 굵직한 일을 해낼 수 있는, 하나의 거대하고도 민감한 자동차였다.

굵직하고 중요한, 그러면서 유용한 일에 얼마만큼 힘을 쏟을지, 혹은 별 의미 없고 기본과는 떨어져 있어도 일상을 부드럽게 굴러가게 해주는 무용한 일에 얼마만큼 힘을 쏟을지 생각해 본다. 누가 이래라저래라 할 수 없는 내 마음이고 당신 마음이다. 모범 답안이 있다면 양쪽에 힘을 적당히 분배한 모습이다. 한데 그 적당한 비율이라는 것이 개인마다, 경우마다 다를 수

밖에 없는 노릇이니 끝내 스스로가 풀어야 할 문제다.

스펀지 케이크처럼 살든, 생크림 케이크처럼 살든 우리의 삶이 맛있게, 그저 멋있게 구워지기를.

내 삶은

나의 어법에

따라

해가 바뀌고 학원 강사 아르바이트 일의 급여가 올랐다. 어떻게 살아야 할까 묻기보다는 어떻게든 살아야겠다고 다짐하는 하루의 끝에서, 인상된 급여와 삶의 품격을 맞대어 보았다. 나아진 지갑 사정으로 뭘 더 할 수 있을까. 일주일에 두 번씩 분위기 있는 곳에서 외식? 벼르고 있던 전동 킥보드를 하나 장만할까? 털 빠짐이 근래 들어 심해진 다운 패딩을 새것으로 바꾸기와 프랑스어 1년 무제한 수강권을 등록하는 선택지도 있지만, 슬프게도 하나를 제외하고는 나의 몫이 아니다. 인간의 절망은 선택권이 없는 데서가 아닌, 선택권이 여럿 있음에도 하나만 고를 수 있는 데서 짙어진다.

한창 세상에 돌 던지고 싶은 20대 중반. 같은 부피의 시간도 농도가 다를 수 있다는 말이 새삼 실감이 난다. 고등학교 졸업하고 대학에 들어가는, 특별할 것 없는 삶을 사는 친구들 사이에서 결국은 이렇게 시간의 어긋남을 만나야 했다. 초봉으로 얼마를 받았느니, 성과금으로 얼마를 받느니 하는 외침 속에서 인상된 급여 40만 원은 왜

인지 초라해진다. 나는 안 그럴 거라고 믿었는데 이렇게 시시한 직장인이 되어 있을 줄은 몰랐다고 내놓는 친구의 넋두리는 퍽 재수 없었고 한편으로는 딱했다. 학생 때는 구경도 못 해봤을 안주를 거침없이 집어 가면서 '하긴, 네가 뭘 알겠냐'는 눈빛으로 흘겨보는 친구는 여전히 무심코 귀를 만지는 버릇이 있다.

삶의 의미는 어디서 오는가. 살아가는 일의 의미가 지금 통장에 찍히는 숫자에서 오는 것이라면 나는 130만 원 인생에 지나지 않는다. 앞으로 벌 수 있는 잠재적 수익을 더한다면 그보다야 조금 낫겠지만 무작정 늘어나지는 않을 것임을 안다.

언제부턴가 그저 귀한 삶을 살고 싶었다. 남부럽지 않은 삶, 떵떵거리는 삶은 어쩐지 시시해 보였다. 무엇이 귀한 삶인지 정의 내리지도 못한 채 박아놓은 목표는 두둥실 떠다닐 뿐, 마땅한 형체가 없었다. 사전적 정의에 따르면 '귀하다'는 것은 높은 것, 존중할 만한 것, 보배롭고 소중한 것, 흔치 않아서 구하기가 힘든 것을 말한다.

주관적인 기준으로 여겨지는 '귀함'이 내 삶에도 깃들었으면 했다. 귀한 삶을 겨냥한 의미 부여에 있어서 일시적인 경험은 충분하지 않았는데, 삶에 의미를 부여하는 작업은 아르키메데스의 유레카보다 꾸준히 단련하는 복근에 가까웠기 때문이다. 의미를 염색하듯 부여하면 얼마 안 가 물이 빠지지만, 그러기를 반복함으로써 삶은 비로소 제 색을 찾아간다. 그 지루한 일을 묵묵히 하게 해주는 것이 바로 태도, 자신의 어법에 따라 삶을 대하는 마음가짐이다.

태도를 확립하고 쌓아가는 비법이 꾸준함에 있다면, 내가 살아가는 태도에서 뜨개질을 빼놓을 수 없다. 흥미를 잃은 취미라도 뜨문뜨문 잡는 편이지만 뜨개질만큼은 여간해서 놓지 않았다. 희미해지는 삶의 의미를 붙잡게 해주는 연습, 뜨개질로 내가 틀어잡은 태도는 일단 세 가지다.

작은 것들을 귀히 여기기.

일상 한 조각을 소중히 음미하기.

있는 그대로를 그저 사랑하기.

크기로 보나 쓰임새로 보나 뜨개질에서 마주하는 도구
는 웅장하거나 거대하지 않다. 그런 작은 것들 하나하나
가, 완성을 이루어가는 작업에는 더없이 귀하다. 도구의
힘을 빌리지 않고서는 사소한 일 하나도 끝내지 못함을
성찰할 때 겸손은 비로소 찾아온다. 깜찍한 크기로 만든
작품이 끔찍이 사랑받는 걸 볼 때면 대단하지 않아도 괜
찮다고 위로하는 소리가 어깨 너머로 들린다. 작은 것들
로 채워가는 하루하루가 달리 보면 이처럼 소중하기 그
지없다. 다시 오지 않을 청춘의 한 장은 김영랑의 한 줄
시처럼, 슬픔이어도 찬란하다.

청춘의 페이지를 넘기는 건 신의 능력이지만 지나간 페
이지를 넘겨볼 수 있는 건 인간의 능력이다. 뜨개질 작
품, 뜨개질했던 기억, 뜨개질 선물을 받아 간 사람. 내게

는 더할 나위 없이 아름다운 낱장이기에 감히 다른 이에게도 펼쳐 보여줄 마음이 있다.

자기 삶은 자기만이 살아갈 수 있다. 그러니 삶의 모습에 정답은 없다. 정해진 답이 없기에 역설적으로 우리네 삶은 무엇이든 정답이 될 수 있다. 애쓰지 않아도 내 삶은 그렇게, 있는 그대로 정답이고 족히 사랑스럽다.

삶의 의미는 어느 날 문득 찾아지는 게 아니라 계속해서 찾아가는 것, 어떤 이상향에 도달한 상태가 아니라 죽을 때까지 혹은 멈추고 싶을 때까지 달려가는 뜀박질이다. 끊임없이 영향을 주고받다 보면 삶의 의미와 삶 사체는 비슷한 모양이 될지도 모르겠다. 열심히 달려가다 언젠가 뒤돌아보며 말할 것이다. 그 모습이 어찌 됐든, 실로 귀한 삶이었다고.

# 1쿼터,

## 그 스물여섯의 여름

이마에 땀이 보기 좋게 맺혔다. 덥수룩한 앞머리는 다듬은 지 오래다. 여름이 겨울보다 나은 이유는 사백 원짜리 아이스크림 하나에 감사한 마음이 들기 때문이고, 그런데도 내가 겨울을 간절히 바라는 까닭은 계절이 끝날 때까지 흘려야 할 땀의 양을 생각하면 숨이 턱 막혀오기 때문이다. 노랑과 검정을 배합한 뜨개 목도리를 써보려면 한참을 기다려야겠다는 생각이 드는 게, 어째 이번 여름은 무던히도 더웠다.

'관측 사상 가장 더운 5월.' 지구를 얼마나 더 열 받게 하고 나서야 인간의 욕망은 식을는지. 더는 이질감이 느껴지지 않는 헤드라인이다. 아마 내년에도, 그다음 해에도 숫자에 갇힌 기록 따위야 우습게 갈아 치울테지. 해가 바뀔 때마다 새 역사를 써 내려가는 지구의 체온계에 당분간 지루할 일은 없을 듯하다.

인간이라고 뭐 다를까. 오늘은 내 인생에서 가장 늙은 날이다. 어제보다 전공 책 열다섯 페이지만큼 똑똑해졌고, 살은 0.2킬로그램 불었으며, 여전히 여자친구는 없다. '96년 관측 이래 가장 완숙한 5월'이라 할까. 딱히 지구처럼 열 받을 만한 일은 아니다.

그 위치가 어디든, 왜인지 인생은 돌아보면 초라하다. 해놓은 건 없는데 시간은 저 혼자 뭐가 그리 분주한지, 초대받지 않은 손님인 주제에 끈덕지게 들이대다. 전날 무리해서 달린 후 아침에 눈을 뜨면 스무 살같지 않은 몸은 퍽 야속하지만, 쌓아온 과거에 아쉬움이 남는 게 비통해할 일만은 아니다. 다가올 시간을 허투루 보내지 않겠다는 다짐의 표현. 우리는 몇 번이나 후회하고, 새로이 마음을 먹으며, 가끔은 며칠을 한심하게 보내겠지만 결국에는 오뚝이처럼 일어설 것이다. 그러니 후회와 다짐으로 쌓아 올린 더미를 이따금 들추어보고 싶은 충동이 누구에게나 있는 법이다. 추억의 무더기를 톺아볼 때 은은하게 빛나는 흔적이 하나 발견된다면 그만한 기쁨이 없을 테니까.

누군가 내게 그러한 경험이 있느냐고 묻는다면 체코의 한 소도시를 잠자코 떠올릴 것이다. 내딛는 발걸음이 시작부터 묵직했던 건 아니다. 그저 도시공학을 전공으로 배우는 사람이 일생을 부산에서만 보낸다는 게 조금 멋없는 일이라는 생각에서였다. 이왕이면 외국, 그것도 우리와 사는 모습과 문화가 크게 다르다는 유럽의 도시에서 살아보고 싶었다.

남들처럼 한두 달 여행하는 일로는 성에 안 찬다 싶어 한 학기를 통으로 교환학생으로 지내보자 마음먹었다. 학업을 중단하지 않아도 되는 점이 좋았고, 학교의 재정 지원과 체계적인 관리를 받는 점도 좋았다. 뭐니 뭐니 해도 유럽 곳곳을 두 달 여행한다는 친구의 예산서와 반년 체류할 내 예산서의 금액이 별 차이 없다는 점이 마음에 들었다. 체코는 생각보다 물가가 저렴한 편이었다. 모래성에 물을 붓듯, 막연했던 소망은 결심으로 굳어갔다.

낯선 이국땅의 기운은 여행자의 가슴 한 칸을 부풀게 한다. 교환학생이라는 이름표를 달고 온 인간에게도 마찬가지다. 여유롭게, 한편으로는 분주하게 태양이 뜨고 졌다. 주중에는 논문 더미로 지식을 머리에 넣었고 주말에는 저가 항공편을 이용해 문화에 파묻힌지혜를 눈코입에 가득 담았다.

스마트폰 사진첩에 차곡히 쌓이던 사진과 영상을 꺼내 보다가, 훗날 한국에 돌아가 다시 열어 볼 때 지금 느낌을 온전히 다시 느낄 수 있을까 하는 의문이 떠올랐다. 쉽지 않을 터였다.

글을 썼다. 황홀한 순간의 감상, 유럽 도시의 매력, 낯섦에서 비롯한 사색을 끄적거렸다. 글을 다듬고 새로운 글을 쓰다 보면 반나절이 훌쩍 지나갔다. 발로 뛰며 다양한 경험을 하고 오라는 선배의 조언이 잠깐 스쳤지만 나쁠 건 없었다. 너비보다는 깊이가 중요했다.

교환학생으로 출국할 당시, 가방 한 구석에는 뜨개바늘도 자리했다. 저가 항공권을 끊어 상해 푸동공항을 경유해 체코로 가는 여정에서는 환승을 기다리는 여섯 시간 동안 자그만 너음 목도리를 반은 떴다. 도착해서 마저 완성한 목도리는 현지에서 나를 안내해 준 체코 친구에게 선물로 줬다. 교환학생 시절 내내 뜨개 작품을 생일 선물로 주고, 고마운 마음에 답례품으로도 주고, 그냥 주고 싶어서도 주었으니 어쩌면 체코에서 나보다 더 바빴던 건 요 뜨개바늘이 아니었나 싶다.

이방인의 몸이 되어 펜을 들고 대바늘을 잡는 동안 오히려 깨우친 건 나 자신이 어떠한 사람인지였다. 나는 나로서 충분히 가치 있고, 자신이 얼마나 소중한 사람인지를 알기에 아껴줄 수 있으며, 그런 나만큼 소중한 타인을 기꺼이 사랑할 수 있는 것. 건강한 개인주의가 지닌 참뜻을 진득이 체험하는 나날이었다.

개인주의의 역사가 오래돼서인지 유럽인은 공동체 가치 아래에서 개인의 가치가 억눌리는 것을 거부하는 자세가 배어 있었다. 하고 싶은 것을 하며 남의 눈치 보지 않는 것. 그러면서도 이왕이면 모두에게 도움이 되는 방향성. 내가 그들에게서 본 '개인'이고 '개성'이며 '인간'이었다.

한 줄로 서서 모두가 같은 곳을 바라보고 있는 사람

들에게 대열을 이탈하는 행위는 실패로 가는 지름길에 지나지 않는다. 국민의 반 이상이 아파트에 살기를 바라고 서열화된 대학의 입구를 통과하는 것이 지상 미덕인 사회에서 자기만의 길을 걸으려는 사람은 일개 도피자일 뿐이다. 인류의 역사가 공동체주의와 개인주의 사이에서 확실한 답을 찾는 일은 앞으로도 없겠지만, 지금 우리가 사는 도시에 어느 쪽이 더 맞는 방식인지는 터놓고 말해볼 문제다. 다만 단언할 수 있는 건 모든 것이 좋기만 한 무릉도원은 세상 어디에도 없다는 것. '헬조선'인지 아닌지는 그다음에 판단해도 늦지 않다는 것. '유럽에서 살아도 괜찮을까'라는 질문에 내가 내놓은 답이다.

공부를 명분으로 차려입은 여행은 진자에 끝이 났다. 방구석 서랍장 안에 기념으로 남긴 부산행 귀국 항공권도 어느덧 끝자리 숫자가 넘어갔다. 자기 나라로 돌아가서도 소통하고 지내자던 외국인 친구들과의 연락은 삼 개월이 채 못 갔고, 김치에 파묻혀 살겠다는 계획은 사흘 만에 놓아버렸다. 남은 게 뭐가 있나 돌아보니 서랍장 위 책꽂이로 눈이 갔다. 앙증맞은 크기의,

내 이름이 찍힌 책. 교환학생으로 유럽을 가지 않았다면 세상 빛을 보지 못했을 녀석이다. 뜨개 작품 선물하며 챙긴 사람들과 맺은 인연 역시 덤이라고 끼우기에는 과히 두텁다.

백 세 시대, 이제 겨우 1쿼터를 지났다. 과거라는 이름의 더미에 무엇을 더 쌓을 수 있을지는 나도 모른다. 그저 교환학생 경험이 펼쳐놓은 갈래 길에서 무수한 가능성을 발견했다는 확신만은 사라지지 않을 걸 안다. 더미를 뒤적일 때마다 확신은 일상에 두고두고 연료를 넣어줄 것이고, 나는 체코로 떠나던 그날의 비행기처럼 힘차게 날아오를 테다.

'관측 사상 가장 완숙한 날'이라 했던가. 컵에 반쯤 남은 물을 어떻게 말하는지는 순전히 내 마음이다. 오늘은 내가 살아갈 날 중 가장 젊은 날이기도 하기에.

세상 어딘가에
나의 도시라 부를 만한 곳이 있다는 건


반년 동안 교환학생으로 지냈던 체코를 생각하면 어쩐지 고마움과 미안함이 함께 떠오른다. 좋은 사람을 여럿 만날 수 있었고, 의미 있는 경험에 더불어 책까지 출간하게 해줬으니 고마운 마음이 드는 건 당연지사다. 그런데도 미안한 마음을 가지는 건 유럽에서 내 '최애' 도시가 체코 프라하가 아니기 때문이다. 뜬금없게도 그 영광의 면류관은 프랑스 파리에 올려두고 왔다.

이렇게나 호불호가 갈리는 도시가 더 있을까. 예술

가의 혼을 품은 몽마르트르와 유명한 박물관, 미술관, 이름난 건축물이 즐비한 도시에 얼이 빠져 정신을 못 차렸던 이가 있는가 하면, 지린내 나는 지하철을 감내하고 도착한 관광지에서 지갑을 털리고 스마트폰을 도둑맞거나, 묻지도 않고 손목에 팔찌를 채우더니 기부금을 내놓으라는 괴상한 놈들에게 둘러싸였던 경험을 잊지 못하는 사람도 있었다.

다만 불호不好의 보자기로 파리에서 쌓은 추억을 덮는 사람들마저 어김없이 하는 말이 있었는데, 밤에 노랗게 불이 켜진 에펠탑을 보노라면 황홀함이 밀려와 낮에 있었던 일들이 모두 용서가 된다는 것이었다. 나 역시 파리에서 눈에 담았던 장면들이 인생의 사진첩에서 지워질 일이 없을 거라고 확신하는 이유는 단지 그곳에 에펠탑이 있었기 때문이다.

조각구름이 떠다니는 푸른 하늘 밑에서는 짙은 올리브 빛을, 어둑해진 마르스 광장 앞에서는 밝은 노란빛을, 늦은 밤 숙소로 가는 지하철 위에서는 반짝거리는 흰색 빛을. 나는 그 마성의 철골 구조물이 내뱉는 빛을 남김없이 사랑했다.

에펠탑을 예찬하려는 글이 아닌데 어째 서두가 길었다. 여하튼 애증의 도시, 파리에 반해버린 이유를 또 하나 골라보자면 까다로운 빵쟁이의 입을 사로잡았던 것이 있겠다. '아무 지하철역에 내려서 아무개 씨가 운영하는 제과점에 들어가도 절대 실패하지 않는다.' 인터넷 블로그 어디선가 본 글은 꼬박 일주일간 파리에 머무는 동안 틀리는 법이 없었다.

환상적인 맛의 1유로짜리 크루아상은 말 그대로 매일 먹어도 질리지 않을 것 같았다. 과장을 조금 보태면, 한입 가득 깨물어 혀로 굴리기만 했는데도 입안에서 그냥 녹아버리는 게 아닌가. 방심한 혓바닥을 비웃듯 곧바로 코에 때려 박히는 버터의 향은 황홀하다는 말의 참뜻을 나직이 속삭였다. 나중에 홈 베이킹할 때 참고하자며 맛보았던 타르트, 마들렌, 마카롱도 한국에서 먹어왔던 것과 비교하면 미안할 정도의 경지였지만, 지금도 뇌 깊숙이 박혀 있는 강렬한 향은 다른 재료가 부가되지 않은 크루아상의 순수한 버터 향이다.

그런데 그 버터 향을 바로 얼마 전, 부산에서 다시 맡아버렸다. 시간이 흘러 파리에서 담아온 향기가 희미해졌는지도 모른다. 공무원 학원이 줄지어 있는 서면의 거리에서 그런 향이 나왔다는 게 도무지 개연성이 없었다. 피리 부는 사나이의 노랫가락에 이끌린 아이같이, 나는 몽롱한 눈을 한 채 크루아상 특유의 버터향이 새어 나오는 가게 문을 열어젖혔다. 귀신에 홀린 사람처럼 몇 가지 크루아상을 집고 도망치듯 나왔다.

정신을 차려보니 힘껏 쥔 주먹에 봉투의 입구가 구겨지고 있었다. 평범하게 생긴 종이봉투 속에는 마찬가지로 평범하게 생긴 크루아상 세 개가 일렬로 대기하고 있었다. 한 개를 집어 먹고 연이어 하나를 더 먹었다. 초콜릿이 잔뜩 입혀진 녀석이 마지막이었다. 배가 고파서 헛것을 느꼈었나. 맛은 그저 보통을 조금 넘어서는 수준이었다.

과외 아르바이트 시작하기까지 얼마 남지도 않았겠다, 학생 집에 들어가기 전에 공중화장실을 들러 입을 닦으면 되겠다는 생각에 스스럼없이 크루아상을 크게 깨물었다. 진득한 초콜릿이 입가에 묻는 감촉을 개의치 않고 걸음을 재촉했다. 지나가는 사람들의 시선이 쏠리는 느낌을 받고 나서야, 일순 거리 위에서 좀 흉하게 먹고 있었나 하는 생각이 들었다. 그리고 살짝 귓등을 때리고 가는 아주머니들의 말소리.

"아이고, 저 학생 저 봐라. 다 흘리면서 먹네. 안쓰러워서 우짜노."

아무렴, 뭐가 됐든 좋다. 여기는 부산, 많은 사람 속에 둘러싸여 익명성이 보장되는 도시다. 번화가를 걷다가 우연히 아는 사람을 마주칠 확률은 제로에 가깝다. 비록 에펠탑은 없고 맛있는 크루아상 먹기는 하늘의 별 따기라지만 나는 이 도시를, 빵 부스러기를 옷에다 흘리고 입에 초콜릿 묻혀가며 먹더라도 애써 남 눈치 보지 않아도 되는 이 도시를 사랑한다.

세상에 둘도 없는 나의 도시.

C'est ma ville.

시선을
안쪽에 두는 연습

고목이 천장을 뚫을 기세로 뻗어 있던 숲. 초록이 무성한 공간.

졸업생 선배의 말로는 부산에서 고등학교로는 고도가 가장 높은 곳에 있다는 모교는 사실 이렇다 할 정도로 내세울 만한 게 없었다. 한국 현대사에 길이 남을 이름을 여럿 새겼다고 뻐기는 학교들 사이에서, 우리는 가파른 산비탈에 박힌 허름한 건물 두 덩이가 고작이었다. 야간 자율학습 시간에 산 밑으로 펼쳐진 구시가지의 오밀조밀한 밤빛은 유일하게 내놓을 자랑거리였지만 경치에 취해 있을 형편이 못 되니 수험생 마음을 싱숭생숭하게 할 따름이었다.

여하튼, 산복도로 자락에 자리를 잡은 덕에 학교 앞에는 비탈지고 넉넉한 터가 하나 있었는데, 우리는 그곳의 이름을 어느 컴퓨터 게임에서 따와 '엘리니아'라 불렀다. 사방에는 철조망이 둘러쳐 있고, 강렬한 여름 햇빛마저 솟아오른 나무에 막혀 스산한 기운을 뿜는 그곳은 학생들이 웬만해선 접근할 일 없는 공간이었다.

누군가 거기 발을 들일 일이 있다면 대개 두 가지 경우었다. 밖이 아닌 안쪽을 바라보고 문지기 노릇을 하는 선생님을 피해 야자를 빼먹고 도망가거나, 축구를 하다 철조망을 넘어가 버린 공을 주우러 기는 상황이었을 것이다. 박완서 소설에나 나올 법한 괴불 모양 운동장, 그마저도 반지하 형태였으니 종종 있던 일이다.

아마 세 번 정도, 그렇게 날아간 공을 쫓아 철조망 넘어 엘리니아에 들어갔었고 그때마다 모기에 물리고 풀독이 올라 벅벅 긁으면서도 헤헤 웃던 나는 정말 청춘이 아닐 수 없다.

시계를 좀 더 과거로 돌려봐도 넘어가거나 굴러간 축구공을 찾아올 때는 용기라 해야 할지 무모라 해야 할지 모를 경계선에 흔쾌히 몸을 던지곤 했다. 자동차 밑으로 굴러 들어간 공을 발 뻗어 빼고 난 후, 무심한 표정으로 일어나 흙 묻은 엉덩이를 툴툴 털어버리는 모습이 어찌 그리 멋있어 보였을까. 도시에서 태어나 줄곧 자라온 사내아이는 온실 속 화초임에도 야생의 늑대이기를 원했다. 그 야생 늑대의 필수 덕목에 털털함쯤이야 응당 포함되리라 여겼을 게다.

또래 친구들 사이에서 존재감을 잃는 일을 끔찍이 싫어했던 것도 한몫했다. 슈팅을 원체 못했음에도, 친구들은 길 잃은 축구공 찾아오기를 주저하지 않는 녀석을 기꺼이 필드에 끼워주었다. 내가 이 무리에서 대체 불가능한 존재가 아닌, 그저 그런 한 사람이라는 건 언제든 버려질 불안감을 안고 산다는 말과 다름없었다. 담을 넘고 옷이 더러워지는 일을 개의치 않고 자동차 밑으로 기어가서 공을 주워오는 털털함은 가히 만들어진 생존 전략이었다. 그렇게 생각하니 마냥 좋았던 날들에도 얼마간 쓸쓸한 기운이 스며든다.

인공적으로 만든 덕목에도 관성이 있는지, 요즘도 보글보글 끓는 김치찌개 앞에서 흰옷 입고 번듯이 있거나 흙바닥에 털썩 엉덩이 깔고 앉아버린다. 다만 예전처럼 털털함을 향한 동경에서 비롯함은 아니다. 짧게나마 유럽 생활을 맛본 다음 남 눈치 안 보게 된 게 한몫, 겉으로 보이는 모습에 어지간히 무덤덤해진 게 한몫할 뿐이다.

무엇보다도, 날것 그대로 내보이는 나의 모습이 제법 마음에 든다는 게 가장 큰 변화다. 자신의 진짜 습성을 가린 채로 주위 사람들에게 백날 맞춰봐야 멀어질 것은 언젠간 멀어지는 법이다. 온실 속 화초의 모습이든 야생 늑대의 모습이든, 자신을 사랑할 줄 아는 사람이어야 비로소 남을 사랑할 수 있다는 말은 언제나 옳다.

남들이 나를 어떻게 생각하는지 묻기 전에 내가 나를 어떻게 바라보는지가 우선해야 한다. 내 인생은 오로지 나만이 살아낼 수 있음에도 삶의 무게를 다른 이에게 넌지시 얹어버리면 곤란하다. 뜨개질이 취미라는 말을 선뜻 꺼내지 못했던 날이 내게도 분명 있었지만, 시선을 안쪽에 두는 연습을 하다 보니 이 또한 과거의 일이 됐다.

더불어 사는 세상이라지만 내 영역은 내 색깔로 지키며 살고 싶다. 공동체의 이름으로 무심히 타인의 개성을 침범하는 '선량한 폭력'을 더는 웃으며 감내하고 싶지 않다. 땅은 모자라고 사람은 넘쳐나는 이 지구에서, 뜨개질하고 가끔 귀걸이를 만들어 차고 다니는 모습을 기꺼이 여길 수 있는 사람들로 주변을 채우다 가고 싶다.

나잇살이 붙어서 저질 체력이 되어버렸는지, 털털하지 못한 뒷면까지 아껴주는 사람들 챙기기에도 숨이 찬다. 생존 전략이 어떻든, 더는 자동차 밑에 다리 넣어서 축구공을 빼줄 힘이 없다는 말이다. 내 존재를 기뻐하지 않는 이 옆에 억지로 남아 있으려 애쓰기에는 무한한 가능성을 지닌 오늘의 시간이 너무도 농롱하다.

아무튼, 이제야 뜨개질하는 남성들이 주위에도 슬슬 보이기 시작한다. 평생을 제자리 답보하던 관찰력이란 놈이 불쑥 늘어난 건 아닐 듯싶고 그만큼 이 사회가 개성을 존중해 주는 포용의 길로 나아가고 있다는 뜻일 테다.

나는 당신들이 퍽 사랑스럽다. 그러니 당신들도 시선을 안쪽에 두고 뜨개바늘 잡는 자기 모습을 한껏 예뻐해 주기를.

# 문어발식 경영은
# 이제 그만할게요

뜨개질, 이 낱말에서 연상되는 그림이 하나 있다. 비단 고정관념일지는 모르지만 형형색색의 실뭉치로 둘러싸인 공간에서 몇몇이 도란도란 앉아 있는 모습, 잔잔한 클래식 음악이 흐르는 가운데 손놀림이 예사롭지 않은 이들이 뜨개방에 모여 뜨개질하는 모습이 그렇다. 어디서 쉽게 들을 수 없는 뜨개방 속 천일야화를 한 아름 풀어보고 싶은 마음이야 굴뚝같지만 아쉽게도 뜨개방에 앉아본 경험은 없다.

털실이야 요즘에는 다 인터넷으로 주문한다지만 뜨

개인으로서 뜨개방이라는 공간에 낭만을 아니 품을 리 없다. 언젠가는 도전해 볼 일이 있겠지 하고 우선순위에서 밀어놓았을 뿐. 혼자서 무언가를 하는 게 익숙한 편이라 무리해서 방문하지 않을 따름이고 본디부터 이야기 나누는 걸 불편해하는 인간은 아니다. 오히려 수다를 반기는 쪽인데 하물며 같은 취미를 공유하는 이들과 함께라면 오죽할까. 다만 익숙지 않은 공간에 발을 들이는 일은 권태로운 삶에 던지는 소용돌이인지라 지긋이 간을 보는 중이다.

출정을 조금 미뤄도 될 것 같다고 생각하게 된 건 '클럽하우스'를 알고부터다. 클럽하우스는 음성 기반 SNS로, 누군가 특정 주제로 대화방을 만들면 참여해 소통할 수 있는 판이다. 시각이 아닌 청각에 집중해야 한다는 게 여타 SNS와 차별되는 점이라 할 수 있다. 지인의 추천으로 시작한 공간에서 내가 처음 발을 들인 곳은 공교롭게도 랜선 뜨개방이었다.

세상에, 뜨개질하는 사람이 이렇게나 많았나. 게다가 다들 나 못지않게 한 덕질하는 사람들이다. 가만히 듣고만 있어도 공감이 가고, 말을 이어 붙이면 한층 뿌

듯한 요 훗훗함이 취미를 공유하는 기분이렷다. 이렇게 좋은 걸 나 빼고 하고 있었나 싶은 마음에 야속 한 숟갈, 따지고 보면 이게 다 천성이 게으른 탓이 아닌가 싶은 생각에 한탄 한 숟갈, 끝으로 소속감 잔뜩 부어 감칠맛 나는 기분을 뭐라 부르든 좁다란 자취방에서 동무들과 한마음 되게 해준 현대 문명에 찬사를.

얼굴도 모르는 사람들과 랜선으로 나눈 이야기 가운데 한 꼭지를 들어보자면, 이른바 감각의 멀티태스킹이다. 뜨개질은 본래 손이 움직이는 작업인지라 시각이나 청각에 구속되지는 않는다. 어떤 종류의 음악을 들으며 뜨개질하는지를 소재로 대화의 물꼬가 터질 때는 신이 나서 끼어들었는데, 어떤 종류의 영상을 보며 뜨개질하냐는 이야기로 넘어가니 꿔다 놓은 보릿자루가 따로 없었다. 고백하자면 나는 지금까지도 편물에 눈을 떼고 뜨는 게 익숙지가 않다.

역시 고정관념에 불과하지만, 뜨개질하는 모습을 보일 때 으레 친구들이 기대하는 모습이 하나 있다. 눈 감고 뜨는 거 한번 보여 달라는 요청이다. 그럴 때면 눈알을 굴리며 자연스레 대화 주제를 넘긴다. 거짓말은 못 하겠고, 순순히 인정하자니 괜스레 자존심이 상한다.

나로서 아예 불가능한 기교이냐면 천만의 말씀. 드라마 보며 뜨개질한 경험이 없는 것도 아니다. 다만 결과물의 수준을 보증할 수 없음이 한계치다. 한두 단이야 눈 감고 못 하리라는 법 없지만 열 단쯤 넘어가면 군데군데 크레이터가 관측된다. 코를 빼먹은 구멍은 예삿일이고 코의 개수가 늘어나 뻑뻑해지기도 한다. 코가 아닌 자리에 바늘을 억지로 끼워 코를 만들었다는 말이다. 오기를 부려 몇 번 시도해 보다 영 가망이 없어 보여 그만두었다. 습관인 듯 뱉는 말처럼, 뜨개질을 좋아하는 인간일 뿐이지 잘하는 인간은 못 된다.

유튜브 영상 혹은 드라마나 영화를 보며 스웨터를 곧잘 뜬다는 이들의 기교에 일종의 경외심을 느꼈다. 맡은 일을 뚝딱 해내면서 다른 일도 척척 해내는 사람은 어찌나 멋있던지. 내게 감히 이룬 것이라 부를 만한 게 있다면 주위에 멀티태스킹 능한 이들이 상당한 지분을 차지하고 있을 테다.

볼거리와 뜨개질을 병행하는 건 내 능력 밖의 일이

다. 그렇지만 일상의 멀티태스킹은 떼려야 뗄 수 없는 숙명이었나 싶다. 학업과 아르바이트, 미래에 대한 막연한 걱정, 밥벌이의 비루함과 청년의 좌절감을 청춘이라는 접시에 놓고 한데 버무렸었다. 치열하게 살아가는 이들의 뒷모습은 그런 와중에도 멀어져만 갔으니, 이런 경험은 랜선 뜨개방 같은 데서 자랑스레 내놓을 바가 못 된다. 그저 풀어내고 싶은 대목은 문어발처럼 늘여놓은 일을 쫓기듯 치러내는 인간의 마음가짐이다.

일을 벌이고 매듭을 짓지 않은 채 새로운 일을 꺼내 드는 습관은 내게 있어 강박증에 가까웠다. 뭐라도 하지 않으면 죄책감이 들게끔 개조된 양심이 지금껏 삶의 원동력이었는지는 모르겠으나 정신없이 굴러가는 생활에 밀려 놓쳐버린 게 많다.

코가 아닌 자리에 바늘을 억지로 찔러 넣으면 편물이 뻑뻑해진다. 어쩌면 삶에도 맞는 구멍이란 게 있는 걸까. 자리를 잘 보아 시간과 정력을 집어넣지 못한 날에는 감당 못 할 후폭풍이 뒤따랐다. 퍽 난처하면서도 고칠 줄 모르던, 고치는 게 정녕 맞는지도 확신할 수 없던 그런 날들.

비탈길로 내리닫던 의식의 수레를 가까스로 부여잡았다. 명상으로 한숨 돌리고 나니 손에 뜨개바늘이 있었다. 할 수 있는 만큼만, 닿는 만큼만 손을 뻗었다. 한 코, 한 코, 그리고 한 단. 욕심내지 않고 동작하는 만큼만 이루어지는 세상이 거기 있었다. 겉뜨기와 안뜨기를 꼬아 뜬 목도리, 보라와 아이보리를 배합한 모자. 뻗은 손에 잡히면 해도 될 일이라 여겼고 잡히지 않으면 그냥 놓아주었다.

비로소 나는 잠깐 불안해했고, 오래도록 평온했다. 내 속도에 맞는 삶. 정답은 없지만 풀이 과정은 있는. 오늘 밤에는 랜선 뜨개방에서 할 이야기가 많다.

# 다름과 틀림 사이,
# 그 모호한 경계

우리 집 텔레비전이 지금처럼 크고 평평해지기 전의
일이다. 거실에 혼자 누워 즐겨 보던 만화영화가 하나
있었다. 매번 '지극히 평범한'이라는 말로 시작하면서
내용은 괴짜답기 그지없는 만화영화를 당시 초등학생
이었던 아이는 별생각 없이 재밌게 보았다.

　"괴짜, 딱 맞네. 솔직히 오빠만큼 특이한 캐릭터는
처음이에요."

　귀를 의심했다. 그 〈괴짜가족〉의 내레이션을 조금 빌
리자면, 나는 지극히 평범한 대학생의 삶을 살고 있다

고 자부하던 사람이었다. 또래 남자애들과는 조금 다르게 수염을 기른다거나 목걸이를 손수 만들어서 차고 다닌다거나 뜨개질을 곧잘 하긴 했지만, 그건 단지…

"개성이죠. 나쁜 뜻으로 한 말은 아니에요."

고개를 들어 학교 후배의 표정을 찬찬히 살펴봤다. 동공이 흔들리지 않는 게 빈말은 아닌 듯했다. 하긴 내심 바라던 이미지였을지도 모르겠다. 남들 눈에 개성 있는 사람의 모습으로 비치는 것 말이다.

그러고 보면 스치듯 흘러간 삶의 어느 순간부터 남들과 다르게 보이기를 얼추 이루어낸 듯했다. 내게 있어 그건, 일종의 미덕이었다. 사람들이 당연하게 받아들이는 유행을 거부했고, 흔하지 않은 취미인 뜨개질에 손을 뻗었으며, 세상에 단 하나뿐인 액세서리를 만드는 일에 의미를 두곤 했다. 일련의 행위는 온전히 나답게 살기 위한 전장에서 타인의 편견과 맞서 싸우는 전투였다. 직접 만든 책갈피에 이니셜을 새겨 넣는 것과 비슷하게, 머리카락부터 발끝까지 나라는 사람의 개성을 생활 곳곳에 박아 넣었다.

그런 나를 보며 누군가는 하고 싶은 걸 하고 살아서

좋겠다며 부러워했고, 더러는 세상이 괜히 보편적인 범주를 정해놓은 게 아니라며 염려했다. 양쪽 사이에 낀 느낌은 생각보다 푸근했다. 따뜻함을 품은 선망은 나다운 삶을 영위하는 걸음이 잘하고 있는 일이라는 확신을 주었고, 냉철함을 앞세운 걱정은 주변에 이로록 나를 아껴주는 사람이 많이 남아 있음을 다시금 확인해 주었으니까.

개성이란 낱말을 무게 잡으며 거창한 것이라 여기고 싶지 않다. 돌이켜 보면 우리가 초등학교 사회 수업에서 처음 배운 개성은 의미가 간단했다. 너와 나는 다르고, 우리는 그것을 서로 존중할 필요가 있다는 것.

다른 것을 다르게 보는 게 개성을 존중하는 일이라지만, 어디까지를 다른 것으로 봐줄지에 대한 모호함은 여전히 풀리지 않는다. 나 홀로 무인도에서 살지 않는 한 다름을 넘어서는 틀림의 영역이 우리 사회에는 존재하기 때문이다. 복잡한 세상에서 더불어 사는 인간은 다름과 틀림의 미묘한 땅따먹기 게임에서 끊임없이 판단을 내려야 하는 존재다. 기준이 되는 경계선은 명확히 나오는 법이 없으니 시대나 문화권마다 다른 모습을 보일 수밖에 없다. 그야말로 골 썩이는 녀석이다.

나와 같지 않은 모습을 그 사람의 독특한 개성으로 바라볼지, 어느 미친놈의 일탈로 바라볼지는 끝끝내 당신 몫으로 남는다. 내 뜻대로 되는 게 하나 없는 세상이라지만 다름과 틀림을 구분 짓는 경계선 하나만큼은 제 분별력으로 확실하게 두자. 시대 흐름에 편승해서 한 명의 인간을 틀렸다고 규정하기에는 그 말의 무게가 절대 가볍지 않으니.

## '우리'라는 표찰

말랑한 뜨개실과 줄 없이 긴 대바늘을 나란히 놓아보면 제법 느낌이 산다. 한 층을 뜨개 용품으로 번듯이 채워 넣으니 인테리어 용도로 구매한 5층 조립식 선반도 얼추 자기 느낌을 찾아가는 듯하다.

계획에도 없던 자취를 시작한 건 대학 졸업이 일 년도 남지 않은 때였다. 냉장고 뒤적거려 남은 재료로 볶음밥을 해 먹고, 날이 적당한 날 빨래를 해 털어 널면 어른 흉내쯤은 될까. 나가 살면 숨만 쉬어도 돈이라지만, 한 집의 숨을 홀로 쉰다는 건 설렘이란 말이 따라

붙는다.

제법 날씨가 풀린 겨울날, 자취하는 원룸에서 2백 걸음쯤 걸어 마카롱을 사왔다. 일정이 없어도 하루 한 번 옷을 챙겨 입고 나가는 건 우리 동네와 어색해지고 싶지 않다는 몸부림이다. 우리 동네, 내가 사는 마을, 혹은 근린. 자취방을 무심코 '우리 집'이라 하던 나를 보고 친구는 어쩐지 흐뭇해했다. 홀로서기를 갈망하며 지내던 모습을 오래 봐서일까. 어렸을 때부터 살던 집이 '본가'가 되고 자취방이 '우리 집'이 되는 일. 부모님의 안락한 품에서 정식으로 벗어나는 건 거기서부터다.

지기가 가지지 못한 부분이 커 보이는 게 사람이랬다. 사 남매가 한 지붕 아래 누워 자던 집에서 혼자만의 시간을 원하지 않았다면 외려 이상할 노릇이다. 지금이야 형 누나들이 하나둘 독립해서 나가 산다지만 사 남매가 함께하던 시절에는 '내 방'이라는 것이 없었으니 말이다.

형과 함께 방을 썼던 시기에 간직할 만한 일은 많지 않다. 하나 기억에 남아 있는 건 두 사람이 잠자는 모양새다. 핸드폰을 손에 든 두 남자는 서로의 발을 상대 방의 머리 쪽으로 향하고 엇갈리듯 누웠다. 하루 끝에 소소하게 허용된 시간을 형제에게 침범받고 싶지 않다는 의지였는지, 먼저 자는 이에게 액정 불빛을 비추지 않고자 하는 배려였는지는 모르겠다. 단지 누구도 선뜻 제안을 꺼내지 않았음에도 마치 원래부터 그렇게 하기로 한 듯 수행한 관습만이 어느덧 추억이란 이름으로 남았을 뿐이다.

아파트에서 살 생각은 추호도 없다고, 어렸을 때 멋모르고 입버릇처럼 말했다. 화폐의 가치가 불가피하게 떨어지는 세상에 써 내려간 불패의 신화, 공동구매의 원리로 양질의 관리 서비스를 비교적 저렴한 가격에 이용할 수 있다는 이점, 산이 국토의 많은 부분을 차지하는 이 나라에서 아파트가 닭장이라 욕을 먹을지언정 미래 도시형 주택임을 부정할 수 없다는 현실을 그때는 미처 알지 못했다.

그렇지만 아파트를 보금자리로 삼고 싶지 않다는 생각은 여전하다. 막연한 계획이기는 한데, 아파트를 구매할 정도로 돈을 많이 번다면(여간 어려운 일이 아닐 테지만) 조금 외곽진 곳에서라도 집 지을 터를 하나 사고 싶다. 혼자 힘으로 손수 지으면 원주민 수준의 움막도 버거울 테니 건축사와 기술자는 고용할 생각이다. 마당이 딸린 벽돌집. 다만 꼭 빨간 벽돌일 것까지는 없다.

저 푸른 초원 위에 그림 같은 집을 짓고 살겠다는 순진한 생각을 놓지 못한 이유는 나만의 공간을 만들어가는 일이 퍽 뒤설레는 일임을 실감했기 때문이다. 자취를 시작하면서 방은 내 삶의 결을 닮아가기 시작했다. 조립식 선반을 4층으로 둘지 5층으로 둘지, 커튼을 못 없이 어떤 방식으로 달지, 조명 하나 사면서도 방 분위기에 어울릴지 고민하는 하루는 눈 깜짝할 새에 지나갔다. 한 달 지출이 본가에 살던 때보다 배로 들고 생존에 필수적이지 않은 일이 다수였음은 부정할 수 없지만, 내가 발 딛고 사는 공간을 나다움으로 채우는 작업은 마음을 족히 벅차오르게 했다. 방 하나 꾸미는 일이 그럴진대 집의 토대부터 켜켜이 나로 채운다면 뿌듯함은 이루 말할 수 없겠지.

공간space은 사람의 경험이 더해져 장소place가 된다.

발자국이 남은 거리, 기억을 품은 가게, 손때 묻은 전봇대. 마카롱 하나 사러 가는 길에도 인간은 공간을 채우고, 이용하며, 장소성을 입힌다. 그렇게 재구성된 장소는 다시 인간을 지탱한다. 공간을 장소, 즉 '우리 동네'로 짜 맞추는 일은 자기 존재의 복제 작업이다. 발걸음에 맞춰 눈도장을 찍는 몸부림은, 추억 속에서 들를 곳 하나 없는 삶은 왠지 좀 쓸쓸한 까닭이다.

우리 집, 우리 학교, 우리 가족. 아무 상관이 없던 낱말에 '우리'라는 관형어가 붙을 때 대상은 비로소 삶을 비집고 들어온다. 태어나는 순간부터 죽을 때까지 우리는 세상 만물에 '우리'라는 표찰을 붙이고 자기 것인 듯 여기며 살아간다. 떠날 때는 다 두고 가야 할지언정 표찰 하나 붙이는 행위는 가없이 숭고하다. 한없이 가볍고 허무한 세상에서 오직 그것만이 자기 삶에 무게를 더하기 때문이다.

궁금하다. 당신의 표찰은 어디에 붙어 있는지. 당신 삶의 무엇을 당신의 것으로 여기고 존재에 튀김옷 입히듯 묻혀 만물을 오롯이 느끼고 있는지 묻고 싶다. 뜨개질, 실타래처럼 가벼운 재료들이 일상에 입혀질 때

내 삶은 더는 가볍지 않다. 취미를 내 것이라 여기고 관계된 공간을 내 것으로 만드는 일. 어쩌면 시간마저 내 것으로 만드는 작업. 손수 만든 작품에 내 이름을 애써 새길 필요가 없는 까닭은 여기 들어간 일 분 일 초가 곧 나이기 때문이다.

프랑스의 철학자이자 도시학자인 앙리 르페브르 Henri Lefebvre는 도시를 이질적인 거주자들이 함께 만들어가는 일종의 '집합적 작품'으로 보았다. 그러므로 그는 도시 거주자들이 자신들의 공동 작품에 대한 권리를 주장해야 한다고 말했다. 도시가 도시 거주민, 이용자들의 공동 작품이라면 우리 집, 내 방, 내 취미는 오롯이 나 한 사람의 작품이다. 삶의 무게는 이렇듯 표찰이 붙여진 작품을 얼마만큼 가치 있게 여기고 사용하는가에 달려 있겠다.

아무튼, 내 마당 딸린 벽돌집의 집값이 떨어질까 하는 걱정은 모쪼록 참아주기를.

그런 바보 같은 짓이
또 없다

내게 일 년 남짓 과외 수업을 받던 아이가 마침내 태국 국제학교에 합격했다는 소식을 전해왔다. 부족한 영어 수업이 그 기쁜 소식에 얼마만큼 보탬이 되었을지는 모르겠다. 아마 다른 이가 선생님 노릇을 했어도 어느 정도 실력이 늘 것이 예상되는 아이였고, 애당초 아들내미의 유학 생활을 감당할 만큼 집안 경제력이 받쳐주지 않았다면 암만 공부를 잘한들 관계없는 일이었다.

"쌤, 외국에서 학교 생활하는 데 유용한 조언 좀 해

줘요.”

마지막 수업은 서로에게 하고 싶었던 말이나 앞으로 우리 앞에 펼쳐질 인생 따위를 이야기하자고 운을 띄웠다. 반년이나마 체코에 교환학생을 갔다 온 스승이 으레 받을 질문이라 짐작은 하고 있었다.

“그냥, 적극적으로 살았으면 좋겠어. 일상생활에서든 수업에서든. 주변 시선이 곱지 않더라도 자기 생각을 표현하는 걸 무서워하지 않았으면 해. 너도 잘 알거야. 수업 시간에 질문을 많이 하거나 선생님이 이끄는 대로 순순히 따라오지 않는 친구에게 애들이 하는 말 있잖아.”

“나대지 말라고 하죠.”

다름이 인정되지 않는 사회는 결이 다른 개인에게 한없이 폭력적이다. 그곳에서 보편이라는 테두리의 선을 넘어버린 인간은 의아스러움의 강을 지나 배척의 땅에 던져진다. 이른바 관종이나 관심병 환자라는 낱말은 대중없이 사람들을 자기 영역 아래에 두고자 하는 성질이 있기에, 자기 색깔대로 살고자 하는 이를 얼마간 주저하게 만든다.

남자가 뜨개질을, 그것도 가방에 넣어 다니며 틈날 때마다 꺼내서 한다는 게 흔한 일은 아니다. 처음부터 타인의 시선을 전혀 의식하지 않았다면 거짓말이다. 내가 진정 관종인가 하는 질문을 스스로 던진 적이야 숱하게 많았다. 더욱이 아프게 찔러왔던 건 다른 이들이 정말 그렇게 보지 않을까 하는 걱정이었다. 그건 나 자신이 그리 생각하는지를 넘어서는 문제였다. 나이가 차서 어느 정도 존중이란 걸 할 줄 아는 친구들이지만 나를 보며 알게 모르게 그런 생각을 한 번쯤 하지는 않았을까 하는 불안감이 마음을 좀먹던 날들이었다.

그저 뜨개질이 재미있었다. 강렬한 햇살을 마주하고 이루어지던 과격한 사격이 끝난 다음에는 생활관에 돌아와 예능 프로를 보면서 대바늘을 돌리는 게 즐거웠고, 지하철에서는 실 뭉텅이 하나를 잡더라도 생산적인 일을 하자는 결심이 기특했다. 뜨개질한 작품을 선물로 건네었을 때 받는 이의 미소를 바라보는 시간이 좋았고, 어쩌다 그 사람이 내가 떠준 목도리를 하고 나온 모습을 본 날에는 집에 가는 내내 마음이 들뜨기도 했다. 그저 그렇게 나라는 인간은 뜨개질이란 게 재밌는 놈이었다.

뜨개질하는 모습을 주변 사람들이 놀랍게 쳐다보거나 좋은 취미를 가졌다고 칭찬해 주는 일 역시 싫지만은 않았다. 단지 갖추지 못한 게 하나 있다면 적당한 뻔뻔스러움, 그러니까 저들이 보내는 관심의 파도 위에서 멋지게 서핑하면서 날려줄 윙크 정도였을 것이다.

마음을 달래면서 관종 소리 듣는 걸 극도로 경계하던 날들은 갔다. 어느덧 그런 말을 별반 신경 쓰지 않는다. 타인이 주는 관심을 먹고 자라 행복해졌기 때문이 아니라 행복한 내 모습이 남에게 어떻게 보이는지를 의식하지 않게 되어서다. 그 행복에 따라오는 행동이 남들 눈에 조금 독특해 보여서 그들의 관심을 끌 만한 것인지는 더더욱 내가 고민할 문제가 아니다. 확인해야 할 것은 오직 나 자신과 다른 사람에게 떳떳한지 정도다.

그러니 더는 눈치 보지 말고 마음껏 자신을 드러내기를. 남이 던져주는 관심에서 자존감을 찾는 것만큼 불쌍한 꼴이 없고, 관심종자 소리 듣는 게 무서워서 본모습을 숨기는 것만큼 바보 같은 짓이 없다.

## 투박한 것이
## 그리 싫지는 않습니다

"이 도면을 그릴 때는 오직 연필만 사용하셔야 합니다."

나긋하지만 한껏 단호한 교수님 말에 잠시 멍했던 것 같다. 21세기 첨단 시대에 나올 만한 과제가 맞는가 싶기도 했지만, 당장에 도구가 문제였다. 연필이야 문방구에서 산다고 한들 자취방에 연필깎이 따위가 있을 리 없다. 오며 가며 독립서점 매대에서 눈여겨봤던 예쁘장한 연필깎이를 하나 떠올렸지만 얼마 안 가 고개를 가로저었다. 혼자 사는 집에 자주 쓰지 않는 물건은 덧집이다. 나중에는 자리만 차지할 뿐, 애착이 들어 쉬이 버리지도 못할 게 분명하다. 어찌 됐든 도면 그리는 데 쓸 두어 개 연필은 손으로 깎는 수밖에 없다.

문구용 커터칼로 어설프게 칼질을 하다 보면 연필심 머리는 뭉툭하게, 허리는 잘록하게 된다. 언젠가 과학책에서 보았던가. 사막의 모래바람에 밑동이 깎여 나가 머리만 커다랗게 남은 버섯 바위 모습이다. 조명 빛을 마구 반사하는 걸 보니 잘록하다는 허리도 반듯하게 깎이지만은 않은 듯하다.

본가에서는 서투른 칼질을 보다 못한 엄마가 연필을 손에서 뺏어갔다. 급한 마음에 나무 중간부터 칼을 대는 나와 달리, 엄마는 저 멀리서부터 차근히 밀고 내려온다. 도색 밑에서 잠자던 연필 몸통은 그럴 때면 화들짝 놀라 헛숨을 들이킨다. 나무와 흑연이 진눈깨비로 뒤섞여 내린 신문지에다 연필을 몇 번 돌려가며 그으면 톱톱한 연필심은 그제야 번듯한 모양을 잡아간다.

"엄마 둬서 뭐 해. 연필 깎는 것 정도는 부탁해도 돼."

아들내미 실력 무시하지 말라며 괜한 심술을 부리면서도 엄마의 것과 내 것을 번갈아 살핀다. 연필 두

개의 맵시가 이토록 다를 수 있을까. 그 차이의 출처가 연륜인지, 연필을 만져본 시간의 깊이인지는 알 수 없다. 다만, 어떻게 해야 잘 깎을 수 있을까 하는 고민으로 거듭 쌓인 시간의 농도가 단면 하나에도 여실히 드러날 뿐이다. 내 쪽의 농도는 어쩐지 좀 투박하다.

서걱서걱. 우리말 단어는 양성 모음이 쓰였을 때보다 음성 모음이 쓰였을 때 더 센 느낌을 준다고 한다. 이를테면 '깡총깡총' 뛰는 토끼와 '껑충껑충' 뛰는 토끼의 차이쯤 되겠다. 그리 본다면 연필의 음성상징어는 아마 사각사각보다는 서걱서걱에 가까울 테다. 연필이 종이를 누르고 지나갈 때는 그렇듯 묵직한 맛이 있다.

쟁쟁한 잉크 펜 사이에서 연필이 가지는 매력은 적지 않지만, 무엇보다도 지울 수 있다는 점이 크다. 의도치 않은 말 한마디가 곳곳에 오르내리는 첨단 시대에 연필로 쓴 글은 한 그루의 나무 쉼터가 된다. 이름만 봐도 설레는 사람 옆에다 사랑의 말을 끄적이기도 하고, 떠올리기 싫은 사람 이름 밑에다 욕 한번 갈겨도 본다. 벅벅. 재빨리 지우면 찰나의 감정이 하얀 고무 아래 밀리듯 뭉개진다. 하지만 역시, 연필의 소리는 서걱서걱이다. 지우개로 지워도 종이에는 연필 자국이 남는 것처럼 마음이 머금은 감정 또한 그냥은 사라지지 않는다. 어디선가 차곡히 쌓이는 말들, 미처 뱉지 못한 말들.

그러고 보면 스무 살이 되고 나서는 몽당연필을 쓴 기억이 없다. 죄다 난쟁이가 되기 전에 잃어버린 탓이다. 짤막해진 연필을 다 쓴 모나미 볼펜 껍데기에다 동여매고 곧잘 썼던 어린 날들이 분명히 있었는데 말이다. 한편, 볼펜을 다 쓴 날에는, 세게 그어도 자국만 남고 잉크가 나오지 않는 볼펜이 괜스레 자랑스러웠다. 잉크가 바닥을 보일 때까지 애쓴 손목이, 짤따란 검지와 엄지와 중지가 더없이 갸륵했다. 그런 날에는 서랍 깊숙이 손을 넣어 새 볼펜을 꺼냈다.

정든 것과 새것. 끝을 보고 새로 시작하는 게, 본가 창문 너머의 은행나무와 비슷하다는 생각이 들었다. 스프링을 달칵 누르면 머지않아 봄이다. 이다음 펜을 쓸 때는 내 마음도 한 뼘이나마 더 자라 있을까. 잎 나고 꽃 피고 노랗게 물들어 가다 끝내 떨어지면 조금은 자라 있을까.

　아쉽게도 은행나무는 고사하고 여기 한적한 주택가에 자리 잡은 원룸 건물은 창문을 열어놔도 볼 만한 게 별로 없다. 사람 지나가는 일도 드문드문하고, 차 소리마저 적막하다. 미세먼지나 들어올까 싶어 문을 닫았다가 금세 생각을 고쳐먹었다. 오랜만에 문을 활짝 열어젖히고 맞바람이 치도록 두었다. 아무래도 요즘 내 방의 농도가 퍽 짙다.

　집에서 가족들이랑 살 때는 그다지 의식하지 못했는데, 나와서 살아보니 본가라는 공간은 확실히 부모님의 것이 맞는 듯싶다. 나는 그 집의 주인인 줄로 알고 지냈는데, 가만 보면 주인 눈에 들어 밥 잘 먹고 귀여움받는 일개 식객이었다. 집 명의가 누구의 이름으로 되어 있는지와 관계없이 공간의 농도가 그랬다. 어떻게 하면 여기 이 공간에서 한 가정이 평온한 삶을 이어갈 수 있을까 하는 고민으로 거듭 쌓인 시간의 농도는 무엇으로든 드러나는 법이다. 창문에 팔을 걸치고 뒤돌아본 전용면적 20제곱미터 원룸 방은 어쩐지 작고 투박함에도, 나의 색으로 가득 찬 것이 싫지는 않다.

마침내 공간과 친구 맺는 법을 배웠음에도 이것이 일시적인 관계라는 걸 안다. 반년만 지나면 월세 계약이 만료되어 별다른 사정이 없으면 나가야 한다. 여기 공간은 그대로 방치되거나 다른 이의 색으로 새롭게 채워질 것이다. 정들었던 장소를 삶에서 떼어낼 때는 아무래도 마음이 퍽 쓰라릴 테지만, '지금' '이곳'의 공간과 시간을 충실히 맞이하는 것 말고는 달리 방법이 없다. 지나간 삶에 후회가 없다는 건 다시 시간을 되돌려도 같은 곳, 같은 시간에서 같은 일을 하고 있으리라는 예감, 그 모습이 최선이라는 확신이다.

어쩌면 지금이 나에게는 884번째 똑같은 삶일지도 모르겠다.

대바늘뜨기를 여행하는
히치하이커를 위한 안내서

혹자는 그게 그거 아니냐고 반문할지 모르지만, 일상
에서 흔히 접하는 뜨개질은 대바늘뜨기knitting와 코바
늘뜨기crochet로 나뉜다. 그중 대바늘뜨기라는 푯말을
따라간다면 당신은 두 갈래 길에 당도할 수 있다.

'컨티넨탈continental 뜨기' 대 '아메리칸american 뜨기'.

둘을 가르는 기준은 뜨는 방식에 있다. 복잡미묘한
뜨기 세계의 기법을 책의 활자로 나타내기에는 무리
가 있지만 간단하게 말하자면, 오른손잡이 기준으로
컨티넨탈 뜨기는 왼손으로 실을 잡고 뜨는 기법이고

아메리칸 뜨기는 오른손으로 실을 잡고 뜨는 기법이다. 우리가 기술·가정 시간에 교과서로 배운 것이 다름 아닌 이 아메리칸 뜨기 기법이다.

명칭이 어디서 유래했는지를 짐작하기는 어렵지 않다. 아메리칸 뜨기는 미국 사람들, 또한 그들과 뿌리가 같은 영국 사람들에게 기원을 두고 있고, 컨티넨탈 뜨기는 유럽 대륙 사람들에게 기원을 두고 있다. 뜨개질과는 평생 인연이 없는 사람이라도 이런 잡학 지식 하나쯤 알아두어 나쁠 건 없다.

대바늘을 실제로 손에 쥘 사람들에게 필요한 정보는, 결국 어떤 방식으로 뜨는 것이 더 좋은가 하는 의문에 대한 답일 것이다. 아메리칸 뜨기와 컨티넨탈 뜨기의 대표적인 차이점은 아무래도 속도다. 컨티넨탈 뜨기에서는 실을 왼손으로 잡은 채 진행하기 때문에 코를 뜨는 데 필요한 동작이 하나 줄어든다. 다시 말해, 같은 속도로 손을 움직였을 때 아메리칸 뜨기보다 빠르게 떠나갈 수 있다.

일부 뜨개 고수들이 컨티넨탈 뜨기를 추천하는 것은 그런 이유에서다. 눈이 따라가기 힘들 정도로 빠르게 움직이는 손은 달인의 징표로서 손색이 없다. 비단 뜨개질뿐 아니라 수작업 세계에서 속도가 숙련도에 비례하는 현상은 통념인 듯한데, 손뜨개를 많이 하면 자연스레 손이 빨라지고 감각이 날카로워지니 떠나가는 속도가 빨라짐은 얼핏 생각해도 일리가 있다.

문득 떠오르는 이가 한 명 있다. 대바늘을 아메리칸 뜨기로 처음 배운 내게 컨티넨탈 뜨기를 종용했던 사람. 하긴, 그의 마음도 넉넉히 이해하는 간다. 한쪽 기법에 오랜 기간 익숙해질수록 다른 기법이 쉬이 손에 익지 않음을 고려한다면, 가엾은 아메리칸을 하루빨리 컨티넨탈로 갈아타게끔 하는 것은 그가 구도자로서 가야 할 길이었을지도 모른다. 신세계를 맛본 인간이 다른 이들도 자신과 같은 체험을 하기를 바라는 것은 대부분 순전한 선의에서 온다. 그들은 가끔 계몽가의 입술로 인습에 젖은 이들을 깨우치기도 하고 이따금 어머니의 손길로 아이에게 하듯 타인의 머리를 헝클어뜨리기도 한다. 이게 얼마나 좋은 줄 모르니 그런 소리를 하는 거라면서.

누군가의 진심 어린 조언을 떼어내는 일은 실로 마

음 아리는 일이다. 진심의 농도가 진할수록 끈적한 테이프 자국은 오래 가는 법. 하지만 어른이 되어 홀로서기 한다는 건 타인의 진심과 나의 판단이 다른 곳을 바라볼 수 있는 어긋남에 덤덤해지는 것이다.

편리함과 편안함은 혼용해 쓰일 때가 많지만, 엄연히 다른 함의를 품은 말이다. 편리便利가 '편하고 이용하기 쉬워서' 이로운 것이라면 편안便安은 '편하고 걱정이 없어서' 좋은 것이다. 편리함의 반대말은 '불편함'이고 편안함의 반대말은 '불안함'이다. 각종 편의 시설이 갖춰진 대단지 주상복합 아파트에는 편리함이 잘 맞고, 십 년째 같은 자리에서 푹신하게 몸을 감싸주는 가죽 소파에는 편안함이 잘 맞는다.

세계에서 손꼽을 정도로 빠르고 간편한 생활을 누리는 우리나라는 어느 쪽이 잘 맞을까? 편리함의 극치를 추구하는 나라에서 편안함을 갈구하는 삶은 고독한 싸움이다. 편안함은 익숙한 느낌과 결을 나란히 한다. 이전부터 해오던 익숙한 일이라 걱정이 없고 불안하지 않은 것이다. 컨티넨탈 뜨기와 견주어본 아메리칸 뜨기의 위상은 적어도 내게 있어 그러하다.

빨리 뜰 수 있다는 컨티넨탈 뜨기의 이점 자체에도 얼마간 회의적인 마음이 있다. 진흙탕 뒹구는 세상에 지쳐 뜨개질로 마음을 씻어내자 다짐하고도 빠름에 끌리는 관성은 왜 지워내지를 못하는지. 자주는 아니더라도, 어떤 마음으로 뜨개질을 하느냐는 근원적인 질문을 던질 필요가 있다. 현대 풍요 사회에서 뜨개질의 의미는 무언가를 빨리 해치워 버리는 데보다는 천천히나마 이루어나가는 데 있는 게 아닐까.

뜨개질 자체로 안정적인 수익을 낼 수 있는 소수 능력자를 제외하고는 뜨개질은 대체로 자기만족이다. 심신의 평화를 위하든, 소소한 용돈 벌이를 하든, 기념일에 직접 만든 목도리를 연인에게 선물하든 넓게 보면 모두 '나를 위하는' 목적에 지나지 않는다는 말이다. 그러니 뜨개질을 하면서 무언가에 얽매였다면 말짱 도루묵이다.

자, 저기 시작점부터 다시 걸어오자. 이번에는 천천히도 좋으니 실을 대바늘에 걸어 돌리는 시간 한 점을 깊이 있게 음미하면서.

의 무엇이든, 내가 끌리는 그것으로. 어지간히 명쾌해서 의심스럽겠지만, 그게 답이다.

## 오늘도
## 한껏 무용하게




과자라면 일단 사족을 못 쓰긴 하지만, 큰 봉지 속에 뭉텅이로 있는 과자보다는 개별 포장된 녀석들이 마음에 든다. 이를테면 한 박스에 여섯 개 정도가 낱개로 담긴 초코칩 쿠키 같은 것 말이다. 한껏 달콤한 게 당기는 만큼만 먹으면 무리해서 위장을 괴롭히지 않아도 된다는 점이 좋다. 시작했다는 이유 하나만으로 내키지 않는 일을 끝장 보아야 한다는 것은 얼마나 지난한 일인가. 그러잖아도 억지 같은 세상에 과자만큼은 내게 억지로 뭘 강요하지 않았으면 한다.

'탄소 발자국.'

　무의식적인 행동을 의식하는 순간은 책상 앞에 멍하니 앉아 초코칩 쿠키를 뜯다가도 온다. 와그작. 과자 하나 뜯어 먹는 행동이 시시각각 지구와 세계 사람들에게 영향을 끼치는 과정을 상상해 봤다. 썩 복잡해 보임에도 그다지 좋지 못한 쪽으로 가는 과정임은 한눈에 알아보겠다. 비단 과자뿐이랴. 거의 모든 것이 연결된 세상이다. 우리 앞에 놓인 물건 하나는 지구 반대편에 있는 누군가의 손을 거쳤거나, 혹은 그 반대편 누군가의 서류에 올라가 있거나, 또는 누군가의 미래를 바꿔놓을 사건의 조각이다.

　사람들은 의도와 신념을 가지고 움직인다. 이제껏 몰랐던 걸 알려 하고, 알게 된 만큼은 좋은 쪽으로 바꿔보려 한다. 다만 한 사람의 힘으로는 제 주변을 통제하기는커녕 연결의 흐름을 읽어내기조차 버겁다. 선한 마음으로 한 날갯짓이 의도치 않은 방향으로 나비효과를 일으킬 때 우리의 신념은 그만 회의감으로 추락하고 만다.

　그러나 삐끗하면서도 끊임없이 두드리는 존재, 그

것이 인간이다. 비건을 자처하고, 공정 무역을 지지하며 윤리적 소비에 귀를 기울인다. 하나의 작은 움직임이 세상을 변화시킬 것이라는 믿음을 품고 약속의 씨앗을 뿌린다. 끝끝내 다가올 결실을 그저 낙관할 수만은 없다. 인생사 새옹지마 아니던가. 흩뿌려 놓은 조각들이 좋은 쪽으로 맞춰질지 그렇지 않을지는 모를 일이다. 그저 우리는 힘닿고 마음 닿는 데까지만이라도 제 앞에 놓인 길이 맞겠거니 여기며 달음질할 뿐이다.

늘어난 인구, 커진 스케일, 복잡해진 시스템 속에서 세계는 촘촘히 연결되었다. 이 관계망을 기반 삼아 인류는 전에 없이 풍요로운 일상을 누리게 됐다. 하지만 사회의 연결이 고도화될수록 한 사람의 생각, 힘, 가치관의 무게는 더없이 시시해진다. 내가 사는 세상의 주인공은 내가 되어야 할 것 같은데, 언제부턴가 그런 말은 한낱 뜬구름 잡는 소리가 됐다.

오기가 생겼다. 그런 세상이라 더욱 순순히 밀려나고 싶지 않았다. 혁명이니 변혁이니 외칠 깜냥은 못 되니 소심하게 몸부림이나 쳐보기로 했다. 세상과의 연결을 가끔이나마 끊어보는 것으로. 노트북에 꽂힌 외장 하드를 분리했을 때 남아 있는 파일은 그 노트북 알맹이에 내장된 파일이다. 세상과 연결을 끊어도 살아 있는 부분이, 그러니까 존재의 알맹이라 부를 만한 것이 주인공 자리를 뺏긴 내 삶에도 남아 있는지 찾아보고 싶었다.

뜨개질은 효율의 측면에서 실로 무용한 일이다. 천을 짜내는 방직기가 산업혁명의 상징물임을 생각하면, 기계 앞에서 무용해진 인력의 상징물은 다름 아닌 뜨개질이다. 근래에는 어떤 대단한 시스템 아래에서 천을 짜내는지 잘은 모르지만, 자본과 노동력이 최대한 적게 드는 기법으로 세계 곳곳에서 스웨터가 만들어지고 있으리라.

반면 손뜨개는 실을 사는 데도 돈이 꽤 들고, 품은 어마어마하게 든다. 앞서 말한 대로 '가성비가 꽝'인 취미다. 그런데 세상과의 연결을 잠시 끊는다는 점에서 본다면 뜨개질은 무엇보다 매력적인 작업이 된다. 내 양손 움직이는 만큼의 영화, 4.5밀리미터 너비의 필름이 돌아가면 외부인은 쉬이 침범할 수 없는 곳에서 영사기가 돌아간다. 팝콘은 됐고 인스턴트 커피 한

잔이면 그만이다.

영화의 분위기가 적당히 무르익었다 싶으면 마음 깊숙이 숨어 있던 상념을 잘금잘금 꺼낸다. 꼬여 있던 감정과 기억을 잘근잘근 새김질하다 도로 집어넣는다. 그렇게 몇 번 반복하다 보면 언젠가 적당한 날, 다른 이에게도 덤덤히 꺼내 보일 수 있을 만큼 정리가 된다.

매번 그랬다. 다른 사람의 결을 빌리지 않고 할 수 있는 일들이, 유용함으로 도배된 일상에 비쭉 튀어나온 시간이 내게는 있었다. 열다섯 살, 화분 여럿에 강낭콩과 고추 모종을 키울 때가 그랬고, 총 들고 멍하니 전방을 응시하던 군인일 때가 그랬다. 나는 그럴 때면 작고 보잘것없는, 다분히 무용한 것들을 눈에 담았다. 저들과 내가 별반 다를 게 없음을 생각했다. 퍽 다행이라고, 지친 마음에 소소한 위로가 함박눈처럼 내려앉았다.

돌이켜 보면 무용한 것은 유용한 것과는 다른 결의 값어치가 있었다. 나라는 인간이 세상을 지탱하는 쓸모 있는 기둥임을 알려준 게 유용이라면, 나라는 인간이 나로서 그저 존재한다고, 그거면 됐다고 담담히 일러주는 건 무용이었다.

유용한 말들은 곧잘 관형어의 기능을 한다. '토익 점수가 900점인' 사람, '대기업에 한 번에 들어간' 사람, '좋은 아파트 사는', '시험에 최연소로 합격한', '자식 농사 잘 지은', '어디서나 말 잘하는' 등등의 사람. 우리는 어쩌면 자신의 값어치를 높여줄 관형어 뒤에 몸을 감춤으로써 존재의 의미마저 뒷전으로 밀어내고 있는 건 아닐는지.

그 어떤 것에도 존재의 설명을 기대지 않고 자유로이 살겠다는 건 한낱 공허한 외침에 불과할지도 모른다. 하지만 외부의 언어를 전부 떼어내고도 자신을 설명할 수 있는 부분이 남아 있다면, 설령 무용할지라도 그게 바로 나의 알맹이가 아닐까. 알맹이를 불리고 키우는 일은 시루에 콩나물을 키우는 일보다는 어렵겠지만, 수확의 기쁨은 비길 데가 없겠다.

## 지금, 자유롭나요?

간밤에 서리가 끼었는지 창문이 쉬이 열리지 않았다.
꼼짝없이 갇힌 건가. 하긴 을씨년스러운 겨울이 아니
더라도 육신에 갇힌 영혼이 자신을 옥죄던 쇠사슬을
풀었다고 확신한 날이 어디 있었던가. 수능 준비한다
고 학교에 매여 있던 때나 나라 지킨다고 산속에 갇혀
있던 때도 입은 옷 색깔이나 조금 달랐지 자유를 뺏겼
다고 불평했던 건 매한가지다.

자유는 자신이 어디엔가 묶여 있음을 아는 사람만
이 꿈꿀 수 있다. 자유롭지 못하다는 것, 그러니까 어딘가를 마음껏 돌아다닐 수 없고 무언가를 자의로 할 수 없다는 건 딛고 선 공간과 떼어 설명하기 어렵다. 공간은 비단 물리적인 특성만을 가지지는 않는다. 인문 지리학자 이푸 투안Yi-Fu Tuan의 말을 빌리자면 공간이란 마치 여지room와 같다. 어떤 물체를 놓아둘 수 있는 여지, 어딘가에 방해받지 않고 갈 수 있는 여지, 무언가를 새로이 시도할 수 있는 여지 말이다. 딴은 그럴법한 소리다.

개머리판 접은 K-2 소총을 메고 있었을 때 스스로 자유롭지 못한 존재라고 여겼던 까닭은 단지 군사 지역을 벗어나지 못한다는 제약이 전부는 아니었다. 철조망으로 가로막는 물리적 경계 안에서 육체 활동과 사유 전반의 세계가 제 의도에 반하여 닫혀 있다는 느낌을 받을 때, 스물한 살 청년은 자신을 옥죄는 것들을 고찰했고 또 곱씹었다.

누릴 수 있는 공간의 크기가 몇 제곱미터이냐는 질문은 밤 아홉 시 넘어서까지 교실에 갇혀 있던 시절을 보낸 사람에게는 중요한 문제가 아니다. 그럼에도 불구하고 허용된 물리적 공간이 얼마만큼이냐는 물음은 자유를 논할 때 도무지 빼놓을 수 없다. 어딘가에 발이 묶여 있지 않고 아무 곳이나 갈 수 있음은 자유의 핵심이다.

자유는 언뜻 하찮아 보이는 싸움을 자주 몰고 온다. 몸이 불편해 대중교통을 쉽게 이용하지 못하거나 도보 활동이 어려운 사람들이 주장하는 이동권은 그런 싸움이다. 보도의 높은 턱이나 휠체어가 오를 수 없는 시외버스같이, 한 번도 휠체어 생활을 경험하지 못한 비장애인의 시선으로는 다소 시시하게 보일 수 있는 문제들이 그들에게는 삶의 우선순위에서 앞자리를 차지하고 있을지도 모를 일이다. 공간 접근성은 그들에게 삶을 이어갈 또 하나의 '여지'인 셈이다. 중립의 탈을 쓰고 심판인 체하며 한쪽을 외면했던 나는 무관심이라는 행동이 감당해야 할 무게를 몰랐던 한 명의 소시민이었다.

책을 읽고 목도리를 뜨며, 이따금 책갈피를 만들고 호두파이를 굽는 것. 이런 취미들은 넓은 공간을 요구하지 않는다. 널찍한 천연 잔디 골프장이나 아담한 인조 잔디 풋살장도 나와는 별 관계가 없다. 등산복 입고

갈 만한 높은 산은 더더욱 필요 없고 딱 여섯 평짜리 방 하나면 무엇이든 할 수 있다. 옷장 밑에는 칸칸이 주제에 맞게 준비물이 구비되어 있고, 침대 위에서 뒹굴뒹굴하기 좋아하는 청년은 서랍 하나 여는 수고만 들이면 충분했다.

취미가 넓은 외부 공간을 요구하지 않으니 구태여 나갈 이유가 없었다. 날씨가 화창한 날에는 남향 창문을 열고 방 안에서 일광욕을 즐기는 게 익숙한 일이 됐다. 집돌이는 이렇게 탄생했다. 여기서 짚고 넘어갈 사실은, 여섯 평짜리 방 안에서 누리는 자유가 활발히 밖을 쏘다니던 때보다 작지 않다는 것이다.

독서는 앉아서 하는 여행이고 여행은 서서 하는 독서라고 조정래 작가는 말했다. 좁다란 방에 자세를 잡고 앉으면 야구장 같은 광활함은 못 느껴도 지구 반대편까지 갔다 오는 건 오히려 쉬운 일이었다. 먼 이국 유명한 관광지의 정경을 마음의 눈에 담을 수 있었고, 이제는 흙으로 돌아간 거인들의 어깨 위에도 사뭇 올라가 볼 수 있었다. 책을 덮기 전 종이 낱장 속에는 무궁무진한 자유가 있었다.

독서뿐일까. 앉아서 하는 여행으로 외부 세계를 탐험한다면 뜨개질로는 마음속 세계, 소우주를 유랑할 수 있다. 요가를 정식으로 배워본 적은 없지만 긴 시간 동안 손목을 꺾어가며 대바늘을 휘젓는 수행은 요가의 명상과 맞닿은 듯했다. 적막한 방에 홀로 앉아 스스로 던졌던 물음들은 나라는 존재의 흐렸던 부분을 날카롭게 깨우쳐주었다. 아무튼, 4.5밀리미터 두께의 실 뭉텅이 치고는 대단한 능력이다.

역사가 앞으로 나아갈수록 한 사람이 점유할 수 있는 공간은 점차 줄어들 것이라는 예측이 있다. 자본이 축적되어 국가에 부가 쌓여도 고르게 분배되지는 않는 것처럼, 설령 인류 전체 집단이 누릴 수 있는 공간의 양이 커진다고 해도 공간의 상대적 불평등은 내리 심해질 거라는 우울한 예언이다. 어쩌면 그런 이유로, 오직 나라는 인간의 행복만을 바라는 무의식이라는 녀석이 소소한 취미들을 눈앞에 계속해서 갖다 놓는 걸지도 모른다. 부여된 공간은 좁아지더라도 우리, 자유를 잃어버린 인간만큼은 되지 말자면서.

후끈한 난방에 방 공기가 갑갑해졌다. 서리가 반쯤

녹은 창문을 열어 맞바람이 치도록 두었다. 함박눈은 없어도 의심 없이 겨울이다. 노트북으로 글을 정리하다 문득 후루이치 노리토시가 쓴 《절망의 나라의 행복한 젊은이들》이 떠올랐다.

뭐랄까, 지금 이런 모습이라고 딱히 나쁘지는 않은데 말이다.

## 오늘도 한껏 무용하게

뜨개질하는 남자의 오롯이 나답게 살기

1판 1쇄 인쇄 2021년 11월 4일
1판 1쇄 발행 2021년 11월 15일

지은이 이성진
펴낸이 김성구

주간 이동은
책임편집 김초록
콘텐츠본부 고혁 송은하 김지용
디자인 이영민
마케팅본부 송영우 어찬 윤다영
관리 박현주

펴낸곳 (주)샘터사
등록 2001년 10월 15일 제1-2923호
주소 서울시 종로구 창경궁로35길 26 2층 (03076)
전화 02-763-8965(콘텐츠본부) 02-763-8966(마케팅본부)
팩스 02-3672-1873 | 이메일 book@isamtoh.com | 홈페이지 www.isamtoh.com

ISBN 978-89-464-2199-8  03810

• 값은 뒤표지에 있습니다.
• 잘못 만들어진 책은 구입처에서 교환해 드립니다.